노천명 전 시집

사슴의 노래

노천명 전 시집

사슴의 노래

노 천 명
전 집
종 결 판

Ⅰ

노천명 지음

민윤기 엮음·해설

스타북스

노천명의 시에 대하여

민윤기 (시인, 서울시인협회 회장)

경기도 고양시 벽제의 장명산 기슭 천주교 묘지에 있는 노천명 시인의 묘는 '친일시인'이라는 시민사회의 형벌을 받은 탓에 어떠한 안내판 하나도 없다. 몸뚱어리가 드러난 고대古代의 석관묘처럼 봉분 대신 긴 장석이 초라하게 놓인 묘지는 노천명 시인의 언니와 나란히 누워 있다. 당대의 서예가 김충현金忠顯의 글씨로 쓸쓸하게 서 있는 시비詩碑에는 「고별」시 끝부분만 새겨져 있다. 유언이나 다름없는 이 시비의 시 전문은 다음과 같다.

어제 나에게 찬사의 꽃다발을 던지고
우레 같은 박수를 보내주던 인사들
오늘은 멸시의 눈초리로 혹은 무심히
내 앞을 지나쳐 버린다.

청춘을 바친 이 땅
오늘 내 머리에는 용수가 씌어졌다.
고도에라도 좋으니
차라리 먼 곳으로 나를 보내다오
뱃사공은 나와 방언이 달라도 좋다.

배가 떠나면
정든 책상은 고물상이 업어갈 것이고
아끼던 책들은 천덕꾼이가 되어 장터로 나갈 게다.

나와 친하던 이들, 또 나를 시기하던 이들
잔을 들어라, 그대들과 나 사이에
마지막인 작별의 잔을 높이 들자.

우정이라는 것, 또 신의라는 것,
이것은 다 어디 있느냐
생쥐에게나 뜯어 먹게 던져 주어라.

온갖 화근이었던 이름 석 자를
갈기갈기 찢어서 바다에 던져버리련다.

나를 어디 떨어진 섬으로 멀리멀리 보내다오.

눈물 어린 얼굴을 돌이키고
나는 이곳을 떠나련다.

개 짖는 마을들아
닭이 새벽을 알리는 촌가村家들아
잘 있거라.

별이 있고
하늘이 있고
거기 자유가 닫혀지지 않는 곳이라면

첫 시집 『산호림』

노천명 시인의 첫 시집이다. 1938년에 시인이 스스로 만든 자가본自家本으로 발간하였다. 자비출판 시집이다. 이 시집은 총 134쪽으로 구성되어 있으며, 대표작 「사슴」을 비롯하여 「자화상」「바다에의 향수」「교정」「귀뚜라미」「국경의 밤」 등 49편의 작품이 수록되어 있다.

"모가지가 길어서 슬픈 짐승이여/ 언제나 점잖은 듯 말이 없구나"로 시작되는 '사슴'은 그의 고집스런 자아 응시가 낳은 시다. 집시의 피, 길들지 않는 노새, 슬픈 사슴, 궁핍, 비타협적 성향, 재생불능성 뇌빈혈, '기댈 데 없는 외로움이 박쥐처럼 퍼덕이는' 운명을 자신의 것으로 받아들인 시인 노천명의 삶은 그 중심이 매우 불행한 시대에 걸쳐져 있다.

이 시집에 대해 문학평론가 최재서는 「노천명 시집 '산호림'을 읽고」(동아일보, 1938년 1월 7일)에서 노천명을 '자제의 시인'이라는 말로 높이 평가하였고, 모윤숙도 「노천명 시집 '산호림' 소개」(조선일보, 1938년 1월 8일)에서 높은 평가를 내리며 다음과 같이 적었다.

"이 시집에 수록된 노천명의 작품들은 유년을 회상하면서 향수의 감정을 드러낸 경우, 향토적이며 토속적인 풍속과 풍물에 깊은 관심을 보인 경우, 자신의 삶을 반추하면서 인간 존재의 본질을 탐구하고자 한 경우, 그리고 사랑과 고독과 그리움의 정서를 표출한 경우로 대별할 수 있다. 이 시집에는 절제되지 못한 감상의 흔적이 곳곳에 묻어 있기도 하지만, 지극히 섬세한 감성으로 자아를 응시하고 우리의 토속적인 세계를 그려냈다는 점에서 그 의의를 찾을 수 있다."

제2시집 시집 『창변』

노천명 시인에게는 제2시집인 『창변』은 8.15해방을 코앞에 둔 1945년 2월 매일신보사가 발행하였다. 이 시집에는 「승전의 날」「출정하는 동생에게」「진혼가」「노래하자 이날을」「흰 비둘기를 날리며」 등 다수의 친일 시가 수록되어 있는데 이번 『노천명 전 시집』에 삭제하지 않고 모두 공개하였다. 이제는 이런 흠결마저도 노천명 문학의 한 부분으로 수용해야 한다. 워낙 깔끔하고 분명해서 '대처럼 꺾어질망정 구리모양 휘어지지' 않는다고 시 「자화상」에서 자신의 꼿꼿한 성격을 드러냈던 노천명 시인이다. 그런 시인이 일제 말기 다른 많은 문인들과 마찬가지로 일제의 대륙 침략 정책에 동조하는 치명적인 잘못을 저지른 것이다. 노천명 인생과 문학의 커다란 오점이다.

그러나 이 시집에는 노천명 시인의 친일 시만 수록한 것은 아니다.

'기댈 데 없는 외로움'을 노래한 「창변」을 비롯해서 어릴 적 고향을 향토적 서정 속에 풋풋하게 표현한 「촌경」 「고향」 「장날」 「푸른 오월」 「잔치」 「수수 깜부기」 등과 같은 가품佳品들이 이 시집에 수록되어 있다. 특히 이 시집에 수록된 「남사당」은 여장을 한 남사당의 끝없는 방랑과 고독을 노래하면서도 회고적인 시적 접근에서 벗어나 건강하고 살아 움직이는 심상을 훌륭하게 담아냄으로써 또 하나의 대표작이라 평가되고 있다.

    나는 얼굴에 분칠을 하고
    삼단 같은 머리를 땋아 내린 사나이

    초립에 쾌자를 걸친 조라치들이
    날나리를 부는 저녁이면
    다홍치마를 둘르고 나는 향단이가 된다.
    이리하여 장터 어느 넓은 마당을 빌어
    람프불을 돋은 포장 속에선
    내 남성이 십분 굴욕屈辱된다.

    산너머 지나온 저 동리엔
    은반지를 사주고 싶은
    고운 처녀도 있었건만

    다음날이면 떠남을 짓는

처녀야!

나는 집씨의 피였다.

내일은 또 어느 동리로 들어간다냐

우리들은 소도구를 실은

노새의 뒤를 따라

산딸기의 이슬을 털며

길에 오르는 새벽은

구경꾼을 모으는 날나리 소리처럼

슬픔과 기쁨이 섞어 핀다.

　　　　　─「남사당」 전문

제3시집 『별을 쳐다보며』

　1953년 3월 30일 부산 피난지에 임시 주소를 둔 희망출판사(대청동 1가 7번지) 발행이다. 표제 시 「별을 쳐다보며」를 비롯하여 전3부 62편의 시가 수록되어 있다. 이 시집에는 한국전쟁 기간 중 부역 혐의로 투옥되어 치른 수난의 증표라고 할 수 있는 옥중 시편들과 함께 첫 시집과 두 번째 시집에서 '마음에 드는 몇 작품을 담았다'고 시인은 발문에서 밝히고 있다. 표지 그림은 김환기 화백이 맡았다. 첫 시집과 두 번째 시집에 비해서 도시 취향의 고독으로 침잠沈潛해 들어가는 시인의 심정, 전쟁을 겪으며 부딪혔던 일들에 대한 분노, 원망 등 현실에서 받았던 상처를 담은 작품이 눈길을 끈다. 특히 부역 혐의로 수감되어

있는 동안 옥중에서 체험한 고뇌를 읊은 시가 독자의 마음을 아프게
한다.

노천명은 당국의 특별배려로 옥중에서 쓴 시를 통해 자신의 억울함
과 자조감을 표현했다. 『별을 쳐다보며』에 수록된 신작 40편 중 21편
이 옥중 시이다. '어느 조그만 산골로 들어가 / 나는 이름 없는 여인이
되고 싶소'로 시작하는 그의 대표작 「이름 없는 여인이 되어」도 수감
중에 쓴 작품이다.

어느 조그만 산골로 들어가

나는 이름 없는 여인이 되고 싶소

초가지붕에 박 넝쿨 올리고

삼밭엔 오이랑 호박을 놓고

들장미로 울타리를 엮어

마당엔 하늘을 욕심껏 들여놓고

밤이면 실컷 별을 안고

부엉이도 우는 밤도 내사 외롭지 않겠소

기차가 지나가버리는 마을

놋양푼의 수수엿을 녹여 먹으며

내 좋은 사람과 밤이 늦도록

여우 나는 산골 얘기를 하면

삽살개는 달을 짖고

나는 여왕보다 행복하겠소

　—「이름 없는 여인이 되어」 전문

제4시집 『사슴의 노래』

이 시집은 노천명의 제4시집이다. 1957년 6월 16일 노천명 시인이 작고한 후 1년이 되는 1958년 6월 15일 한림출판사에서 출간했다. 노천명 시인이 죽자 조카 최용정이 흩어져 있던 유고遺稿와 시집에 수록되지 않았던 작품을 모아 간행한 것이다. 서문은 김광섭金珖燮이 썼고 이희승은 추도시 「애도 노천명」을, 모윤숙이 '사슴의 노래를 모으면서'를 썼다. 출간작업을 진행했던 조카 최용정은 '이 시집을 내면서'라는 발문을 썼다. 수록 작품은 표제 시 「사슴의 노래」를 비롯하여 「캐피탈 웨이」 「봄의 서곡」 「아름다운 새벽들」 「유월의 언덕」 「낙엽」 「불덩어리 되어」 「꽃길을 걸어서」 「새벽」 「오늘」 「내 가슴에 장미를」 「어머니날」 「당신을 위해」 「오월」 「나에게 레몬을」 등 42편이다.

'파라솔을 접드시 마음을 접고 안으로 안으로만 들다'라고 한 「유월의 언덕」과 '가슴에 꽂았던 장미를 뜯어버리는 / 슬픔이 커 상장喪章같이 처량한 나를 / 차라리 아는 이들을 떠나 / 사슴처럼 뛰어다녀 보라'고 노래한 「사슴의 노래」는 초기 시집 『산호림珊瑚林』이나 『창변窓邊』의 시들과 같은 경향으로, 섬세한 감각과 비애의식을 나타낸 것이다. 반면에 「아름다운 새벽들」 「새벽」 등 일련의 시편에서는 가톨릭교 귀의 이후 노천명의 종교적 신앙과 참회의 세계를 알 수 있는 작품들이다. 특히 「나에게 레몬을」은 거의 임종 직전에 씌어진 시다. 이 시에서 노천명은 평생 숙명처럼 젊어지고 있었던 고독의 성城을 무너뜨리는 것 같은 허무의식을 보여주고 있다. '하루는 또 하루를 삼키고 / 내일로 내일로 / 내가 걸어가는 게 아니요 밀려가오 // 구정물을 먹었다고 토吐했다 / 허우적댐은 익사溺死를 하기가 억울해서요 // 악惡이 양귀비 꽃마냥 피어오르는 마음 / 저마다 모종을 못내서 하는 판에 // 자식을 나무랄 게 못되오 / 울타리 안에서 기를 수는 없지 않소? // 말도 안 나오고 / 눈 감아버리고 싶은 날이 있소 // 꿈 대신 무서운 심판이 어른거리는데 / 좋은 말 해 줄 친구도 안 보이고! // 할머니 내게 레몬을 좀 주시지 / 없음 향취香趣 있는 아무거고 / 곧 질식窒息하게 생겼소!'

처음 시집에 공개하는 미정리 작품

이 노천명 전 시집에는 32편의 미정리 작품을 수록하고 있다. 이 시편들은 노천명 시인이 생전에 펴낸 두 권의 시집과 사후에 유족(조카)이 펴낸 한 권의 시집, 그리고 『노천명 시 전집』 등에 수록되지 않았던 작품 29편과 노천명 시인이 번역한 시 3편 등이다. 이는 모두 조선일보 사상계 등 여러 매체에서 카피하여 확보한 자료들을 한 편씩 시집과 대조를 거쳐 미수록이 확인된 작품들이다. 이 시들 중에는 「환영 반공포로」 같은 반공시, 「김내성 선생을 곡함」 같은 조시와 행사시 등이 포함되어 있다. 생전에 여러 신문 잡지에 많은 작품을 발표한 것으로 알려진 사실로 미루어 앞으로 이런 성격의 미공개 작품들이 발굴되는 대로 전 시집에 추가 수록할 계획이다.

노천명의 친일시에 대하여

그동안은 노천명 시인이 발표한 친일 시를 시집에 수록하지 않았다. 우리 국민들에게 「사슴」의 고고한 이미지로 인식되고 있는 시인의 명예를 지키기 위해서였는지도 모른다. 그러나 이제는 친일 시도 분명 노천명 시인의 작품이기에 이를 보듬는다는 뜻에서 이 전 시집에 모두 수록하였다.

친일문학을 다룰 때 작가 이광수와 함께 노천명 시인도 빠지지 않는다. 노천명은 1941년부터 해방될 때까지 태평양전쟁을 일으킨 일본 제국주의를 행위를 찬양하거나 동조하는 친일 시를 여러 편 남겼다.

이 전 시집에는, 1945년 2월 25일 발간한 제2시집 『창변』에 수록한 「흰 비둘기를 날려라」 「진혼가」 「출정하는 동생에게」 「학병」 등 9편, 매일신보와 '조광' 같은 친일 매체에 발표한 「싱가폴 함락」 「님의 부르심을 받고서」 등 친일 시 5편 등 총 15편을 찾아 수록하였다. 이 시편들은 1943년 총독부 기관지 매일신보에 학예부 기자로 일하면서 발표한 작품들인데, 조선청년들의 전쟁 참여를 촉구하거나 조선인 출신으로 전사한 가미카제 특공대 병사들을 칭송하거나 전쟁 지원을 권하는 내용들이다.

노천명 시인은 일제 강점기는 물론 해방 후 전후 한국문학을 대표하는 가장 빼어난 서정시인 중의 한 명이다. 하지만 친일 시를 쓴 사실 또한 감추거나 부정할 수 없다. 따라서 이런 친일의 흔적을 지우기보다는 이를 용기 있게 껴안는 것이 노천명 시인을 평가하는 옳은 방식이라고 판단하였다. 질곡의 역사 속에서 이를 피하거나 저항하지 못하고 굴곡진 행태를 보인 불행한 지식인의 한 전형으로서 평가하자는 것이다. 역사의 심판은 언제나 준엄하기 때문이다.

차례

1

시집 『산호림』

2

시집 『창변』

5 처음 공개하는 시

번역한 시

시집에 처음 공개하는 친일親日시

1

시집 『산호림』

1938

자 화 상

오 척 일 촌 오 푼 키에 이 촌이 부족한 불만이 있다. 부얼부얼한 맛은 전혀 잊어버린 얼굴이다.
몹시 차 보여서 좀체로 가까이 하기 어려워한다.
그린 듯 숱한 눈썹도 큼직한 눈에는 어울리는 듯도 싶다마는……
전시대前時代 같으면 환영을 받았을 삼단 같은 머리는 클럼지한* 손에 예술품답지 않게 얹혀져 가냘픈 몸에 무게를 준다. 조그마한 거리낌에도 밤잠을 못 자고 괴로워하는 성격은 살이 머물지 못하게 학대를 했을 게다.

꼭 다문 입은 괴로움을 내뿜기보다 흔히는 혼자 삼켜 버리는 서글픈 버릇이 있다. 세 온스의 '살'만 더 있어도 무척 생색나게 내 얼굴에 쓸 데가 있는 것을 잘 알 것만 무디지 못한 성격과는 타협하기가 어렵다.
처신을 하는 데는 산도야지처럼 대담하지 못하고 조그만 유언비어에도 비겁하게 삼간다.
대竹처럼 꺾어는 질망정
구리처럼 휘어지며 구부러지기가 어려운 성격은 가끔 자신을 괴롭힌다.

---

* 꼴사나운

바 다 에 의 향 수

기억에 잠긴 남빛 바다는 아드윽하고
이를 그리는 정열은 걷잡지 못한 채
낯선 하늘 머언 물 위에서
오늘도 떠가는 구름으로 마음을 달래보다

지금쯤 바다 저편엔 칠월의 태양이 물 위에 빛나고
기인 항해에 지친 배의 육중스런 몸뚱이는
집시의 퇴색한 꿈을 안고 푸른 요 위에 뒹굴며
낯익은 섬들의 기억을 뒤적거리며……

푸른 밭을 갈아 흰 이랑을 뒤에 남기며
장엄한 출범은 이 아침에도 있었으리……
늠실거리는 파도 ─ 바다의 호흡 ─ 흰 물새 ─
오늘도 내 마음을 차지하다 ─

교 정校庭

흰 양옥이 푸른 나무들 속에
진주처럼 빛나는 오후.
닥터 노엘의 졸리는 강의를 듣기보다 젊은 학생들은
건너편 포플러나무 위로 드높이 날리는 깃발 보기를 더 좋아
했다.

향수가 물이랑처럼 꿈틀거린다.
퍼덕이는 깃발에 이국정경이 아롱진다.
지향 없는 곳을 마음은 더듬었다.

낯선 거리에서 금발의 처녀를 만났다.
깊숙이 들어간 정열적인 그 눈이
이국소녀를 응시하면
'형제여!'
은근히 뜨거운 손을 내밀리라.

푸른 포플러 나무!
흰 양옥!
이국 깃발!
내 제복과 함께 잊혀지지 않는 정경이여……

슬픈 그림

보랏빛 포도알처럼 떫은 풍경 ―
애드벌룬에는 '아담과 이브 시대'의 사진 예고다.
아스파라가스처럼 늘 산뜻한 걸 즐기는 시악씨
오얏나무 아래서 차라리 낮잠을 잤다.

바느질 대신 아프리카 종의 고양이를 데리고 논다.
구두를 벗고 파초 잎으로 발을 싸본다.
허나 시악씨는 문득 무엇이 생각킬 때면

붉은 산호 목걸이도 벗어던지고
아무도 달랠 수 없이 울어 버리는 버릇이 있단다.

돌아오는 길

차마 못 봐 돌아서 오며 듣는 기차 소리는
한나절 산골의 당나귀 울음보다 더 처량했다.

포도鋪道 위엔 소리 없이 밤안개가 어린다.
마음속엔 고삐 놓은 슬픔이 뒹군다.

편한 길에 걸음이 안 걸려
몸은 땅 속에 잦아들 것만 같구나.

거리의 플라타너스도 눈물겨운 밤
일부러 육조六曹 앞 먼 길로 돌았다.

길바닥에 장미꽃이 피었다 ─ 사라졌다 ─ 다시 핀다.
해저의 소리를 누가 들은 적이 있다더냐

국 화 제菊花祭

들녘 경사진 언덕에 네가 없었던들
가을은 얼마나 적적했으랴.
아무도 너를 여왕이라 부르지 않건만
봄의 화려한 동산을 사양하고
이름 모를 풀 틈에 섞여
외로운 절기를 홀로 지키는 빈 들의 시악씨여

갈꽃보다 부드러운 네 마음 사랑스러워
거친 들녘에 함부로 두고 싶지 않았다.
한아름 고이 꺾어 안고 돌아와
책상 위 화병에 너를 옮겨 놓고
거기서 맘대로 화창하라 빌었더니
들에 보던 그 생기 나날이 잃어버리고

웃음 거둔 내 얼굴은 수그러져
빛나던 모양은 한잎 두잎 병들어 가는구나.
아침마다 병이 넘게 부어주는 맑은 물도
들녘의 한 방울 이슬만 못하더냐?
너는 끝내 거친 들녘 정든 흙냄새 속에
맘대로 퍼지고 멋대로 자랐어야 할 것을……

뉘우침에 떨리는 미련한 손이

시들고 마른 너를 다시 안고
높은 하늘 시원한 언덕 아래
묻어 주러 나왔다 들국화야!
저기 너의 푸른 천정이 있다.
여기 너의 포근한 갈蘆 방석이 있다.

황 마 차 幌馬車

기차가 허리띠만한 강에 걸친 다리를 넘는다.
여기서부터는 내 땅이 아니란다.
아이들의 세간 놀음보다 더 싱겁구나.

황마차에 올라앉아 아가위나 씹자.
카츄사의 수건을 쓰고 달리고 싶구나.
오늘의 공작公爵은 따라오질 않아 심심할 게다.

나는 여기 말을 모르오.
호인胡人의 관이 널린 벌판을 마차는 달리오.
넓은 벌판에 놔주도 마음은 제 생각을 못 놓아

시가도 피울 줄을 모르고
휘파람도 못 불고……

낯선 거리

꿈에서도 못 본 낯선 거리엔
이 고장 말을 몰라 열없고
강아지 새끼 하나 낯익은 게 없다.
오라는 이도 없었거니
가라는 이가 없어서 섧단다.

사람들이 흘러간 낯선 거리엔
네온사인이 밤을 음모하고
무랑의 마담은 잠이 왔다.
강아지 새끼 하나 낯익은 게 없다.
가라는 이가 없어서 섧단다.

옥 촉 서玉蜀黍

우물가에서도 그는 말이 적었다.
아라사 어디메로 갔다는 소문을 들은 채
올해도 수수밭 깜부기가 패어 버렸다.

샛노란 강냉이를 보고 목이 메일 제
울안의 박꽃도 번잡한 웃음을 삼갔다.
수국 꽃이 향기롭던 저녁
처녀는 별처럼 머언 애기를 삼켰더란다.

고독

변변치 못한 화를 받던 날
어린애처럼 울고 나서
고독을 사랑하는 버릇을 지었습니다.

번잡이 이처럼 싱그러울 때
고독은 단 하나의 친구라 할까요.

그는 고요한 사색의 호숫가로
나를 달래 데리고 가
내 이지러진 얼굴을 비추어 줍니다.

고독은 오히려 사랑스러운 것
함부로 친할 수도 없는 것
아무나 가까이 하기도 어려운 것인가 봐요.

시집
『산호림』

033

제 석除夕

올해도 마지막 가는 밤이어니
가는 나이 붙들고 울어볼까나
붙들고 매달려도 가겠거늘
가고야 말 것을……

이해 숨넘어가는 밤이기에
한 손에 촛불 들고 또 한 손에
지난해 삶의 기록 말아 쥐고
꿈의 제단 앞에 불사르러 나왔소.

의지로 날 넣고 정으로 써 넣어
이해의 삶일랑 곱게 곱게 짜려던 것이
빛나게도 짜려던 것이
이리도 거칠고 윤도 없구려.

사 월 의 노 래

사월이 오면 사월이 오면은……
향기로운 라일락이 우거지리
회색빛 우울을 걷어버리고
가지 않으려나 나의 사람아
저 라일락 아래로 ─ 라일락 아래로

푸른 물 다담뿍 안고 사월이 오면
가냘픈 맥박에도 피가 더하리니
나의 사람아 눈물을 걷자.
청춘의 노래를, 사월의 정령을
드높이 기운차게 불러 보지 않으려나

앙상한 얼굴의 구름을 벗기고
사월의 태양을 맞기 위해
다시 거문고의 줄을 골라
내 노래에 맞추지 않으려나 나의 사람아!

가을 날

겹옷 사이로 스며드는 바람은
산산한 기운을 머금고
드높아진 하늘은 비로 쓴 듯이 깨끗한
맑고도 고요한 아침

예저기 흩어져 촉촉이 젖은
낙엽을 소리 없이 밟으며
허리띠 같은 길을 내놓고
풀밭에 들어 거닐어보다.

끊일락 다시 이어지는 벌레 소리
애연히 넘어가는 마디마디엔
제철의 아픔이 깃들였다.

곱게 물든 단풍 한 잎 따들고
이슬에 젖은 치맛자락 휩싸지며 돌아서니
머언 데 기차소리가 맑다.

단 상斷想

공장의 사이렌 사원의 만종
얼크러진 광란 속에
또 하루해가 죽어간다.

끊겼다 이었다 굵게 가늘게
목메어 우는 듯 호소하는 듯 또 원망하는 듯
그윽하여라, 사원의 저녁 종소리.
헛되이 간 하루의 영결을 고하는 울음인가
눈물 마른 빈 가슴 안고
죽어가는 이날을 조상할거나

너는 저 아우성치는 무리에게
무엇을 주고 무엇을 빼앗았는고
즐거움일까 나는 모르네
쓰라림일까 그도 모르네
다만 이날을 조상하는 만종이 울 때
몇 장 안 되는 내 달력의 아까운 한 장을 또 뜯노라.

포구의 밤

마술사 같은 어둠이 꿈틀거리며
무거운 걸음새로 기어드니
찌푸린 하늘엔 별조차 안 보이고
바닷가 헤매는 물새의 울음소리
엄마 찾는 듯…… 내 애를 끓네.

한가람 청풍淸風 물 위를 스치고 가니
기슭에 나룻배엔 등불만 조을고
사공의 노랫가락 마디마디 구슬퍼
호수같이 고요하던 마음바다에 잔 물살 이니
한때의 옛 곡조 다시 떠도네.

이 바다 물결에 내 노래 띄워
그 물결 닿는 곳마다 펼쳐나 보리
바위에 부딪치는 구원의 물소리

내 그윽한 느낌에 눈감고 듣노니
마산포의 밤은 말없이 깊어만 가는데……

동 경

내 마음은 늘 타고 있소
무엇을 향해선가 ─

아득한 곳에 손을 휘저어 보오
발과 손이 매어 있음도 보고
나는 숨가삐 허덕여 보오.

일찍이 그는 피리를 불었소.
피리소리가 어디서 나는지 나는 몰라
예서 난다지…… 제서 난다지……

어디엔지 내가 갈 수 있는 곳인지도 몰라.
허나 아득한 저곳에
무엇이 있는 것만 같애
내 마음은 그칠 줄 모르고 타고 또 타오.

구름같이

큰 바다의 한 방울 물만도 못한
내 영혼의 지극히 작음을 깨닫고
모래 언덕에서 하염없이
갈매기처럼 오래오래 울어보았소.

어느 날 아침 이슬에 젖은
푸른 밭을 거니는 내 존재가
하도 귀한 것 같아 들국화 꺾어들고
아름다운 아침을 종다리처럼 노래하였소.

하나 쓴웃음 치는 마음
삶과 죽음 이 세상 모든 것이
길이 못 풀 수수께끼어니
내 생의 비밀인들 어이하오.

바닷가에서 눈물짓고
이슬 언덕에서 노래 불렀소.
그러나 뜻 모를 이 생
구름같이 왔다 가나 보오.

네 잎 클로버

녹음錄陰 ─ 소망의 정령인 그가
푸른 손으로 나를 불러 뛰어나갔소.
무엇을 찾을 것만 같아 나무 아래 거닐었소.
옆에서 풀잎을 헤치는 동무 하나
네 잎 클로버를 찾는다 하오.
그가 왜 이상해보이오.

허나 그가 귀엽지 않소?
믿음과 소망, 사랑과 행복을
진정 찾을 수 있다고 믿는
그 마음이 어린애처럼 귀엽지 않소?

나도 그를 따라 풀잎을 헤쳐보았소.
찾으면 복되다는 네 잎을 못 얻은 서운한 마음
이름 모를 작은 꽃 하나
따서 옷가슴에 꽂았소.

지나던 이 보고 그 이름 물망초라기
빼어서 냇가에 던졌소.
던졌으니 그만일 것이 왜 마음은 서운하오……

소 녀

"어디를 가십니까"
노타이 청년의 평범한 인사에도
포도주처럼 흥분함은
무슨 까닭입니까
머지않아 아가씨 가슴에도
누가 산도야지를 놓겠구려.

밤 의 찬 미

삶의 즐거움이여! 삶의 괴로움이여!
이제는 아우성 소리 그쳐진 밤
죽은 듯 다 잠들고 고요한 깊은 밤

미움과 시기의 낚시눈도 감기고
원수와 사랑이 한 가지 코를 고나니
밤은 거룩하여라. 이 더러운 땅에서도
이 밤만은 별 반짝이는 저 하늘과
그 깨끗함을 ― 그 향기를 ― 겨누나니

오! 밤, 거룩한 밤이여
영원히 네 눈을 뜨지 말지니
네가 눈뜨면 고통도 눈뜨리
밤이여, 네 거룩한 베개를 빼지 말고
고요히 고요히 잠들어 버려라.

고궁

비바람 자욱이 아롱진 기인 담
깨어진 기와 위를 담쟁이 넝쿨이
꺼멓게 기는 흰 낮
'상하인개하마上下人皆下馬'의 비석은 서 있기 열적어하고

화려한 꿈이 흘러간 뒤 더 적적한 네거리
단청도 낡은 궁궐 앞엔
병문 인력거꾼들의 오수午睡가 깊고
지나는 사람 중에는 아무도 옛날을 애기하는 이 없다.

박 쥐

기인 담 밑에 옹송그리고 누워 있는 집 없는 아이들
바람이 소스라치게 기어들 때마다
강아지처럼 응응대며 서로의 체온을 의지한다.

박쥐의 날개를 얼리는 밤 ─
청동 화롯가엔 두 모녀의 이야기가
찬 재를 모으고 흩으며 잠들 줄 모른다.
아들의 굳게 다문 입술을 떨리며
눈물을 삼키고 떠나던 밤 ─ 그 밤의 광경이
어머니의 가슴엔 아프게 새겨졌다.

해가 바뀌는 밤 늙은 어머니는
아들의 이름을 중얼거리며 눈물짓다
젊은이가 떠난 뒤 이런 밤이 세 번째

같은 하늘 낯선 땅 한구석에선
조국을 원망하나 미워하지 못하는
정情의 칼에 에어지는 아픈 가슴이 있으리……

호 외

큰 불이라도 나라 폭탄 사건이라도 생겨라
외근에서 들어오는 전화가
비상非常하기를 바라는 젊은 편집자
그는 잔인한 인간이 아니다.
저도 모르게 되어진 슬픈 기계다.

그 불이 방화가 아니라 보고될 때
젊은이의 마음은 서운했다.
철필이 재빠르게 미끄러진다.
점퍼 — 노타이 — 루바슈카의 청년 — 청년 —
싱싱하고 미끈한 양樣들이
해군복이라도 입히고 싶은 맵시다.

오늘은 또 저 붓끝이 몇 사람을 찔렀느냐
젊은이 수기에 참회가 있는 날
그날은 그날은 무서운 날일지도 모른다.

맥 진劇進

호산나를 부르는 사람들
길바닥은 군중들의 던진 장미로 어지럽다.
말 탄 용사들의 다문 입엔
정중한 웃음이 떠돈다.

그들에게는 '어제'의 장한 싸움이 있다.
귀한 땀이 있다.
아픔을 참는 데 순교자와 같은 거룩함이 있다.

모래알만한 불의에도 화차처럼 달린다 ─ 부순다.
의로운 싸움을 해야만 할
그들에겐 숙명이 있다.

'앞으로! 앞으로!'의 군호가 서리 같다.
행군들은 일제히 다가선다.

심혈로 새긴 '어제'가 있다.
지붕을 흔드는 천사와 꽃다발이 '오늘'에 있다.
그러나 '내일'을 위해 또 말을 몬다 ─ 달린다.

반 려斑驢

도무지 길들일 수 없는 내 나귀일레
오늘도 등을 쓸어주며
노여운 눈물이 핑 돌았다.
그래도 너와 함께 가야 한다지……

밤이면 우는 네 울음을 듣는다.
내 마음을 받을 수 없는
네 슬픈 성격을 나도 운다.

가을의 구도構圖

가을은 깨끗한 시악씨처럼
맑은 표정을 하는가 하면 또
외로운 여인네같이 슬픈 몸짓을 지녔습니다.
바람이 수수밭 사이로
우수수 소리를 치며 설레고 지나는 밤엔
들국화가 달 아래 유난히 희어보이고
건넛마을 옷 다듬는 소리에
차가움을 머금었습니다.
친구여! 잠깐 우리가 멀리합시다.
호수 같은 생각에 혼자 가마안히
잠겨보고 싶구려……

사 슴

모가지가 길어서 슬픈 짐승이여
언제나 점잖은 편 말이 없구나.
관이 향기로운 너는
무척 높은 족속이었나 보다.

물속의 제 그림자를 들여다보고
잃었던 전설을 생각해내곤
어찌할 수 없는 향수에
슬픈 모가지를 하고 먼데 산을 쳐다본다.

귀 뚜 라 미

몸 둔 곳 알려서는 드을 좋아 ―
이런 모양 보여서도 안 되는 까닭에
숨어서 기나긴 밤 울어 새웁니다.

밤이면 나와 함께 우는 이도 있어
달이 밝으면 더 깊이 깊이 숨겨둡니다.
오늘도 저 섬돌 뒤
내 슬픈 밤을 지켜야 합니다.

말 않고 그저 가려오

말보다 아름다운 것으로 내 창을 두드려놓고
무거운 침묵 속에 괴로워 허덕이는
인습의 약한 아들을 내 보건만
생명이 다하는 저 언덕까지 깨지 못할 꿈이라기
나는 못 본 체 그저 가려오.

호젓한 산길 외롭게 떨며 온 나그네
아늑한 동산에 들어 쉬라 하니
이 몸이 찢겨 피 흐르기로
그 길이 험하다 사양했으리 ―

'생'의 고적한 거리서 그대 날 불렀건만
내 다리 떨렸음은 ―
땅 위의 가시밭도 연옥의 불길도 다 아니었소.
말없이 희생될 순한 양 한 마리
······다만 그것뿐이었소······

위대한 아픔과 참음이 그늘지는 곳
영원한 생명이 깃들일 수 있나니
그대가 낳아준 푸른 가락 고운 실로
내 꿈길에 수놓아가며 나는 말 않고 그저 가오.
못 본체 그냥 가려오······

밤 차

사슬잠을 소스라쳐 깨어나니
불이 홀로 밤을 새워 울다둔 방을 지켰구나.
어젯밤 기어이 북으로 떠난 차
지금쯤은 먼들의 어느 역을 지나노?

보내고 돌아오니 잊은 것도 많건만
차창 곁에 걸린 국경의 지명을 읽자마자
배웠던 방언도 갑자기 굳어버려
발끝만 굽어보며 감물 든 입은
해야 될 한 마디도 발언을 못했다.

수 녀

수녀원도 뒤 한적한 곳
'루르드 성굴'엔
성모 마리아상이 유난히 흰 밤

검은 묵주 손에 쥐고
조용히 나와 비는 한 처녀
말없는 무거운 마음을 누가 알리……

손풍금

내 설운 애기로 귀에 살이 진
낡은 손풍금이 하나 우리 집에 있소.
어디서 난 것인지 알지 못하오.
누가 두고 간 것인지도 모르오.

힘없이 내 손이 어루만지면
슬픈 소리를 내오.
울고 난 뒤……
마음이 외로울 때……
내가 이 손풍금을 장난하오.

장 날

대추 밤을 돈사야 추석을 차렸다.
이십 리를 걸어 열하룻장을 보러 떠나는 새벽
막내딸 이쁜이는 대추를 안 준다고 울었다.
절편 같은 반달이 싸리문 위에 돋고
건너편 성황당 사시나무 그림자가 무시무시한 저녁
나귀 방울에 지껄이는 소리가 고개를 넘어 가차워지면
이쁜이보다 찹쌀개가 먼저 마중을 나갔다.

연 자 간

삼밭 울바주엔 호박꽃이 희한한 마을
눈 가린 말은 돌방아를 메고
한종일 연자간을 속아 돌고
치부책을 든 연자지기는 잎담배를 피웠다.

머언 아랫말에 한나절 닭이 울고
돌배를 따는 아이들에게선 풋냄새가 났다.
밀을 찧어가지고 오늘 친정엘 간다는 새댁
대추나무를 쳐다보고도 일없이 좋아했다.

조그만 정거장

땡볕에 채송화가 영악스럽고
코스모스는 외로운
조그만 정거장……

수건 쓴 능금 장수 여인은 말이 거세고
나는 아는 이가 없어 서글펐다.

젊은 양주가 데리고 나온
빨간 양복의 사내 애기는
외가엘 간다고 좋아라 뛰었다.

분 이 紛伊

칠월 낮 마루의 햇살이 베등거리에 따가웁고
경지나무 아랜 당사주唐四柱장이 영감이 조으는 마을
강에선 사람이 빠졌다고 아이들이 수선스레 뫼들었다.

'다섯 살 내 어린 것이 오늘
물에 놀러 나갔다 빠져 죽었소.
신발과 옷을 벗어논 채 이렇게 없어졌소'

한 여인이 물가에 앉아 미친 듯이 울며 넋두리했다.
'하느님 난 세상에서 악한 일한 기억이 없습니다.
그렇거늘 당신은 내 어린 것을…… 내 어린 것을……'

젊은 아낙네 손엔 애기의 고무신이 꼭 쥐여 있고
땅을 짚은 팔엔 계집아이 꼭두선 다홍치마가 감겼다.
물가에 앉아 그 속을 들여다보곤 자꾸만 서러워졌다.

'분이야! 너 들어오면 주려고 집엔 참외 한 개 사 놨다.
아버지가 품 팔고 돌아오면 너 어디 갔다 하라느냐.
그렇게 갈 것을…… 잘 입히도…… 잘 멕도 못하고……'

여인

빨래해서 손질하곤 이어 또 꿰매는 일
어린것과 그이를 위하는 덴 힘든 줄을 모르오.
오랜만에 나와 거닐어보는 지름길엔
어느새 녹음이 이리 짙었소.

생각하면 꿈을 안고 열에 떴던 시절도 있어
이런 델 거닐면 떠오르는 그날들
연짓빛 야회복처럼 현황했으나 실로 싱거웠소.
한 어머니로 여인은 팔월의 태양처럼 미더워라.

보 리

호박색琥珀色 물결치는 보리밭
허리 굽힌 여인의 손엔 힘 있게 낫이 번쩍이오.
사악사악 베어지는가 하면 묶어지는 보릿단
맥추절麥秋節의 기쁨이 흰 낮 골짜구니에 피었소.

가마를 타고 친정 동리를 나오던 날
고운 옷은 처음이요. 마지막이었소.
연잣간에선 보리 밀만 닦건만
휘파람 불며 가는 저 연인들보다 그가 행복하다오.

상 장喪章

한 방 안 되는 고독이 나를 둘러싸고
목화송이 같은 눈이
소리 없이 밖에 내려 쌓이고

벙어리처럼 말이 없음은
상가집 곡성보다 더 처량했다.
오! 슬픈 장난이여……

만 월 대滿月臺

풀 헤쳐 길을 내며 비탈을 기어올라
님 계옵던 궁터거니 절하고 굽혀들 제
주춧돌 그 자리에 잡초가 어인 일고

오백 년 옛 소식을 어느 곳에 들으리오
오르고 내리실 제 밟으시던 그 돌층대
마른 풀 우는 소리 낙엽마저 쌓였고나

가을도 저문 날에 만월대 지나던 손
풀이라 을어볼까 낙엽이라 앉아볼까
초석이 말 없으되 발 못 돌려 하노라

참 음

이 가슴 맺힌 울분 불꽃 곧 될 양이면
일월日月도 녹을 것이 산악山岳 어이 아니 타랴.
오늘도 내 맘만 태며 또 하루를 보냈노라.

임이 가오실 제 명심하란 참을 인 자
오늘도 가슴속 치미는 불덩이를
참음의 더운 눈물로 구지껏 사옵내다.

술회

나 놀던 그 옛집이 하 그리워 찾아드니
터는 옛터로되 벗은 옛 벗 아니로다.
푸르른 오동나무만 옛 빛 지녀 섰더라.

옛 벗 그리는 정 풀길이 바이 없어
뜰 앞뒤 거닐다 돌아서니 눈물 이네.
어린 날 되 못 온다니 그를 설워하노라.

성묘

어찌타 가시는 님
정은 남겨두신고
가배절嘉排節 당하오니
옛 설움 새로워라.

쓰린 마음 굳이 안고
누우신 곳 찾았건만
애닯다 어이 몰라 하신고

키 큰 풀 우거진 양
더욱 쓸쓸하고야

간장肝腸에 맺힌 설움
풀길이 바이 없어
더운 눈물 뿌려
마른 잎을 축이노라.

온 것조차 모르시니
애닯은 이 마음이랴

눈 들어 먼 산 보니
안개 어이 가리는고

발밑의 흰 딸기도
눈물 젖어 있더라.

만 가輓歌

일찍이 걷던 거리엔 그날처럼 사슴이 오고…… 가고……
모퉁이 약국집 새장의 라빈도 우는데 —
이 거리로 오늘은 상여喪輿가 한 채 지나갑니다.

요령搖鈴을 흔들며 조용히 지나는 덴 낯익은 거리들……
엄숙히 드리운 검은 포장 속엔
벌써 시체된 그대가 냄새 납니다.

그대 상여 머리에 옛날을 기념하려
흰 장미와 백합을 가드윽히 얹어
향기로 내 이제 그대의 추기를 고이 싸려 하오.

성 지 城址

머루와 다래가 나는 산골에 자란 큰애기라
혼자서 곧잘 산에 오르기를 좋아합니다.
깨어진 기와 편片에서 성터의 옛 애기를 주으며
입 다문 석문에 삼켜버린 전설을 바라봅니다.

하늘엔 흰 구름이 흘러 흘러가고 ―
젊은이의 가슴은 애수가 지그웃이 무는 가을

서반아풍의 기인 머리를 땋아 두른
여인은 지나간 꿈을 뒤적거립니다.
실은 서럽지도 않은 이야기들인 것이
저 벌레와 함께 이처럼 울고 싶어집니다.
하기사 그때도 이렇게 갈대가 우거지고
들국菊이 핀 언덕 ―
동으로 낮 차가 달리는 곳 ―
두 줄 철로를 말없이 바라보았지라우

야제 夜啼鳥

낙엽을 가져다 내 창가에 끼었고는
말없이 찬 달 아래 떨고 서 있는
네 마음을 알아듣는 까닭에
이 밤에 내가 굳이 창장窓帳을 내리었노라.

밤새가 네 가슴을 쪼啄지 않느냐
슬픈 얘기는 이제 그만 하자.

조각달이 네 메마른 팔 위에 차가웁고
십육 세 소녀인양 이처럼 감상적인 저녁엔
차를 끓이는 대신
과자의 은빛 종이를 벗기기로 했다.

국 경 의 밤

엊그제도 이 호지胡地에선 비적匪賊이 났단다.
먼데 개들이 불안스레 짖는 밤
허룩한 방안엔 사모바르의 끓는 소리가
화롯가에 높고⋯⋯

잠은 머얼고⋯⋯
재도 장난할 수 없는 마음
온밤 사모바르의 물 연기를 응시하며
독수리 같은 어떤 인생을 풀어보다.

출 범

기선이 떠나고 난 항구에는
끊어진 테이프들만 싱겁게 구을르고
아무렇지도 않았던 것처럼……
바다는 다시 침묵을 쓰고 누웠다.

마녀의 불길한 예언도 없었건만
건너기 어려운 바다를 사이에 두기로 했다.
마지막 말을 삼키고……
영영 떠나보내는 마음도 실은 강하지 못했다.
선조 때 이 지역은 저주를 받은 일이 있어
비극이 머리 들기 쉬운 곳이란다.

검푸른 칠월의 바닷가 모래불
늙은 소라 껍데기 속엔 이야기 하나가 더 붙었다.

물을 차는 제비처럼 가벼웠으면…… 하나
마음의 마음은 광주리 속을 자꾸 뒤적거려
배가 나간 뒤로 부두를 떠나지 못하는 부은 맘은
바다 저편에 한여름 흰 꿈을 재우다.

생 가

뒤 울안 보루쇠 열매가 붉어오면
앞산에서 뻐꾸기 울었다.
해마다 다른 까치가 와 집을 짓는다는
앞마당 아라사버들은 키가 커 늘 쳐다봤다.

아랫말과 웃 동리가 넓어뵈던 촌에선
단오의 명절이 한껏 즐겁고……
모닥불에 강냉이를 튀겨 먹던 아이들
곧잘 하늘의 별 세기를 내기했다.

강가에서 갯川 비린내가 유난히
풍겨 오는 저녁엔 비가 온다던
늙은이의 천기 예보는 틀린 적이 없었다.

도적이 들고 난 새벽처럼 호젓한 밤
개 짖는 소리가 덜 좋아
이불 속으로 들어가 묻히는 밤이 있었다.

2

시집 『창변』

1945

길

솔밭 사이로 솔밭 사이로 걸어 들어가자면
불빛이 흘러나오는 고가古家가 보였다.

거기 —
벌레 우는 가을이 있었다.
벌판에 눈 덮인 달밤도 있었다.

흰 나리꽃이 향을 토하는 저녁
손길이 흰 사람들은
꽃술을 따 문 병풍의
사슴을 이야기했다.

솔밭 사이로 솔밭 사이로 걸어가자면
지금도
전설처럼
고가엔 불빛이 보이련만

숱한 이야기들이 생각날까봐
몸을 소스라침은
비둘기같이 순한 마음에서……

망 향

언제든 가리
마지막엔 돌아가리라
목화 꽃이 고운 내 고향으로……

아이들이 하눌타리 따는 길 머리론
학림사鶴林寺 가는 달구지가 조을며 지나가고
대낮에 잔나비가 우는 산골

등잔 밑에서
딸에게 편지 쓰는 어머니도 있었다.

둥굴레산에 올라 무릇을 캐고
접중화 싱아 뻐꾹채 장구채 범부채 마주재 기룩이
도라지 체니 곰방대 곰취 참두릅 개두릅을 뜯던 소녀들은
말끝마다 '꽈' 소리를 찾고
개암 살을 가며 소년들은
금방망이 놓고 간 도깨비 얘길 즐겼다.

목사가 없는 교회당
회당지기 전도사가 강도상을 치며 설교하던 촌
그 마을이 문득 그리워
아라비아서 온 반마斑馬처럼 향수에 잠기는 날이 있다.

언제든 가리
나중엔 고향 가 살다 죽으리

메밀꽃이 하이얗게 피는 곳
나뭇짐에 함박꽃을 꺾어 오던 총각들
서울 구경이 소원이더니
차를 타보지 못한 채 마을을 지키겠네.

꿈이면 보는 낯익은 동리
우거진 덤불에서
찔레 순을 꺾다 나면 꿈이었다.

남 사 당

나는 얼굴에 분칠을 하고,
삼단 같은 머리를 땋아내린 사나이.

초립草笠에 쾌자快子를 걸친 조라치들이
날라리를 부는 저녁이면
다홍치마를 두르고 나는 향단香丹이가 된다.

이리하여 장터 어느 넓은 마당을 빌어
램프 불을 돋운 포장布帳 속에선
내 남성男聲이 십분 굴욕되다.

산 넘어 지나온 저 촌엔
은반지를 사주고 싶은
고운 처녀도 있었건만,

다음 날이면 떠남을 짓는
처녀야!
나는 집시의 피였다.
내일은 또 어느 동리로 들어간다냐.

우리들의 도구道具를 실은
노새의 뒤를 따라

산딸기의 이슬을 털며
길에 오르는 새벽은

구경꾼을 모으는 날라리 소리처럼
슬픔과 기쁨이 섞여 핀다.

작별

어머니가 떠나시던 날 눈보라가 날렸다.

언니는 흰 족두리를 쓰고
오라버니는 굴관을 차고
나는 흰 댕기 늘인 삼 또아리를 쓰고

상여가 동리를 보고 하직하는
마지막 절하는 걸 봐도
나는 도무지 어머니가
아주 가시는 것 같지 않았다.

그 자그마한 키를 하고
산엘 갔다 해가 지기 전
돌아오실 것만 같았다.

다음 날도 다음 날도 나는
어머니가 들어오실 것만 같았다.

푸른 오월

청잣빛 하늘이
육모정 탑 위에 그린 듯이 곱고
연당 창포 잎에
여인네 행주치마에
감미로운 첫 여름이 흐른다.

라일락 숲에
내 젊은 꿈이 나비같이 앉은 정오
계절의 여왕 오월의 푸른 여신 앞에
내가 웬일로 무색하고 외롭구나.

밀물처럼 가슴속 밀려드는 것을
어찌하는 수 없어
눈은 먼 데 하늘을 본다.

긴 담을 끼고 외진 길을 걸으면
생각은 무지개로 핀다.

풀냄새가 물큰
향수보다 좋게 내 코를 스치고
청머루 순이 뻗어나던 길섶
어디선가 한나절 꿩이 울고

나는
활나물 홑잎나물 젓갈나물 참나물 고사리를 찾던
잃어버린 날이 그립구나 나의 사람아

아름다운 노래라도 부르자
아니 서러운 노래를 부르자

보리밭 푸른 물결을 헤치며
종달이 모양 내 맘은
하늘 높이 솟는다.

오월의 창공이여
나의 태양이여

첫 눈

은빛 장옷을 길게 끌어
왼 마을을 희게 덮으며
나의 신부가
이 아침에 왔습니다.

사뿐사뿐 걸어
내 비위에 맞게 조용히 들어왔습니다.

오랜만에
내 마음은
오늘 노래를 부릅니다.
잊어버렸던 노래를 부릅니다.

자 ― 잔들을 높이 드시오.
빨간 포도주를
내가 철철 넘게 치겠소.

이 좋은 아침
우리들은 다 같이 아름다운 생각을 합시다.

종도 꾸짖지 맙시다.
애기들도 울리지 맙시다.

장미

맘 속 붉은 장미를 우지지끈 꺾어 보내놓고
그 날부터 내 안에선 번뇌가 자라다.

늬 수정 같은 맘에
나
한 점 티 되어 무겁게 자리하면 어찌하랴.

차라리 얼음같이 얼어 버리련다.
하늘 보며 나무 모양 우뚝 서 버리련다.
아니
낙엽처럼 섧게 날아가 버리련다.

소 녀

빰이 능금 같을 뿐 아니라
다리가 씨름꾼 같애

내가 슬그머니
질투를 느낌은
그 청춘이 내게 도전을 하는 까닭이다.

새 날

고운 아침입니다.

파아란 하늘 아래
기와들이 유난히 빛나고 ―

마음속엔 한아름 장미가 피어 오릅니다.

오랜만에
부드러운 정과 웃음과 흥분 속에 다시
사람들은 안에서 '희망'이
포기 포기 무성하고

나 이제 호수 같은 마음자리를 하고
조용히 남창을 열어 수선水仙과 함께
'새날'의 다사로운 날빛을 함뿍 받으렵니다.

묘지

이른 아침 황국黃菊을 안고
산소를 찾은 것은
가랑잎이 빨가니 단풍드는 때였다.

이 길을 간 채 그만 돌아오지 않는 너
슬프다기보다는 아픈 가슴이여

흰 패목들이
서러운 악보처럼 널려 있고
이따금 빈 우차牛車가 덜덜대며 지나는 호젓한 곳

황혼이 무서운 어두움을 뿌리면
내 안에 피어오르는
산모퉁이 한 개 무덤
비애가 꽃잎처럼 휘날린다.

저녁

나이 갓 마흔에도 장가를 못 간 칠성이가
엄백이 짚신을 삼는 사랑 웃구들에선

저녁마다 몰꾼들이 뫼고
고담책古談冊 읽는 소리가 들리고

밤이 이슥해 찹쌀개가 짖어서 보면
국수들을 시켰다.

한 증寒蒸

헌 털베로 벌거숭이 몸을 가린 내인들이
지친 인어처럼 늘어졌다.

하나같이 낡은 한증 두께가
거렁뱅이들을 만들어놨다.

용로鎔爐같이 뻘겋게 단 한증 안은
불지옥엘 온 것 같다.
무덤 속도 같다.

숨이 턱턱 막히는데
어느 구석에선
'감내기'를 명주실처럼 뽑아낸다.

나는
뻘건 천정天井이 대자꾸
무서워진다.

수수 깜부기

깜부기는 비가 온 뒤라야 잘 팼다.
아이들이 깜부기를 찌러
참새 떼처럼 수수밭으로들 밀려갔다.

밭고랑에 가 들어서
꼭대기를 쳐다보다

희끗 깜부기를 찾아내는 때는
수숫대는 사정없이 휘며 숙여졌다.

깜부기를 먹고 난 입은
까아매 자랑스러웠다.

촌 경村景

구릿빛 팔에 쇠스랑을 잡고
밭에 들어 검은 흙을 다듬는 낮

보기 좋게 낡은 초가집 영마루엔
봄이 나른히 기고
울파주* 밖으론
살구꽃이 흐드러지게 웃는다.

---

* '울바자'의 황해도 사투리

잔 치

호랑 담요를 쓰고 가마가
웃동리서 아랫몰로 내려왔다.

차일을 친 마당 멍석 위엔
잔치 국수상이 벌어지고

상을 받은 아주마니들은
이차떡에 절편에 대추랑 밤을 수건에 쌌다.

대례를 지내는 마당에선
장옷을 입은 색시보다도 나는
그 머리에 쓴 칠보족두리가 더 맘에 있었다.

추 성秋聲

플라타너스의 표정이 어느 틈에 이렇게 달라졌나

하늘을 쳐다본다.
청징한 바닷가에 다시 은하가 맑다.
눈을 땅으로 떨어트리며
내가 당황하다.

여 인 부 女人賦

미용사에게
결발結髮을 익히는 대신
무릇 여인이여
'온달'에서 '바보'를 배워라.
총명한 데에 여인은
가끔 불행을 지녔다.

진실로 아리따운 여인아
네 생각이 높고 맑기
저 구월의 하늘 같고

가슴에 지닌 향낭보다
너는 언제고 마음이 더 향기로워라.

여인 중에
학처럼 몸을 갖는 이가 있어 보라
물가 그림자를 보고
외로워도 좋다.

해연海燕은 어디다
집을 짓는지 아느냐.

향수

오월의 낮 차가
배추꽃이 노오란 마을을 지나면
문득
싱아를 캐던 고향이 그리워

타관의 산을 보며
마음은
서쪽 하늘의 구름을 따른다.

돌 잡 이

수수경단에 백설기, 대추송편에 꿀떡
인절미를 색색이로 차려 놓고

책에 붓에 쌀에 은전 금전
갖은 보화를 그득 쌓은 돌상 뒤에
할머니는 살이살이 국수 놓며 명복命福을 빌고
할아버지는 청실홍실 늘인 활을 놔주셨다.

온 집안사람들의 웃는 눈을 받으며
전복에 복건을 쓴 애기가 돌을 잡는다.

고사리 같은 손은 문장이 된다는 책가를 스쳐
장군이 된다는 활을 꽉 잡는다.

춘 향

검은 머리채에 동양여인의 '별'이 깃들이다.

"도련님 인제 가면 언제나 오실라우. 벽에 그린 황계 짧은 목,
길게 늘여 두 날개 탁탁 치고 꼬꼬하면 오실라우. 계집의 높은
절개 이 옥지환과 같을 것이오. 천만 년이 지나간들 옥빛이야
변할납디여."

옥가락지 위에 아름다운 전설을 걸어놓고
춘향은
사랑을 위해 형틀을 썼다.

옥 안에서 그는 춘꽃*보다 더 짙었다.

밤이면 삼경을 타 초롱불을 들고 향단이가 찾았다.
춘향 "야야 향단아 서울서 뭔 기별 업디야?"
향단 "기별이라우? 동냥치 중에 상동냥치 돼 오셨어라우."
춘향 "야야 그것이 뭔 소리라냐 ─
　　　행여 나 없다 괄세 말고 도련님께 부디 잘해 드려라."

무릇 여인 중

─────────
* 참죽나무꽃

너는
사랑을 할 줄 안
오직 하나의 여인이었다.

눈 속의 매화 같은 계집이여
칼을 쓰고도 너는 붉은 사랑을 뱉어버리지 않았다.

한양 낭군 이도령은 쑥스럽게
'사또'가 되어 오지 않아도 좋았을 게다.

창 변窓邊

서리 내린
지붕 지붕엔 밤이 있고

그 안엔 꽃다운 꿈이 뒹굴고

뉘 집인가 창이 불빛을 한입 물었다.

눈 비탈이
하늘가는 길처럼 밝구나.

그 속에 숱한 애기들을 줍고 있으면
어려서 잊어버린 집이 살아났다.

창으로 불빛이 나오는 집은 다정해
볼수록 정다워

저 안엔 엄마가 있고
아버지도 살고
그리하여 형제들은 다행多幸하고

마음이 가난한 이는 눈을 모아
고운 정경을 한참 마시다

아늑한 집이 온갖 시간에 빌려졌다.

친정엘 간다는 새댁과 마주앉은
급행열차 밤찻간에서도

중년 신사는 나비넥타이를 찾고
유복한 부인은 물건을 온종일 고르고
백화점 소녀는 피곤이 밀린 잡담 속에서도

또 어느 조고만 집 명절 떡치는 소리를
들으면서도

기댈 데 없는 외로움이 박쥐처럼 퍼덕이면
눈 감고
가다가
슬프면 하늘을 본다.

춘 분

한 고방 재어놨던 석탄이 큉하니 나간 자리
숨었던 봄이 드러났다.

얼래 시골은 지금 밤 나왔갔네.

남쪽 계집아이는 제 집이 생각났고
나는 고양이처럼 노곤하다.

동 기同氣

언니와
밤을 밝히던 새벽은
'성사聖赦'를 받는 것 같아
내 야윈 뺨엔 눈물이 비 오듯 했다.

지금도 생각하면 눈이 뜨거워 —
언니가 보고 지워 떠나가는 날은
천릿길을 주름잡아 먼 줄을 몰라

감나무 집집이 빠알간 남쪽
말들이 거세어 이방異邦도 같건만
언니가 산 데서
그곳은 늘상 마음이 그리운 곳 —

오늘도 남쪽에서 온 기인 편지
읽고 읽으면 구슬픈 사연들

'불이나 뜨뜻이 때고 있는지
외따로 너를 혼자 두고
바람에 유리문들이 우는 밤엔 잠이 안 온다.'

두루마지를 잡은 채
눈물이 피잉 돌았다.

감사

저 푸른 하늘과
태양을 볼 수 있고

대기를 마시며
내가 자유롭게 산보를 할 수 있는 한

나는 충분히 행복하다.
이것만으로 나는 신에게 감사할 수 있다.

아무도 모르게

아무도 모르게 늬도 몰래
멀리멀리 가버리고 싶은 날이 있어
메에 올라 낯익은 마슬을 굽어보다

빨간 고추가 타는 듯 널린 지붕이
쨍이*를 잡는 아이들의 모습이
차마 눈에선 안 떨어져

한나절을 혼자 산 위에 앉아 보다.

* 쨍아 = 잠자리

녹 원鹿苑

눈보라를 맞으며 공원을 걷는다.
눈보라를 맞으며 공원을 걷는다.

붉은 산다화 꽃술을 따 들고
서투르게 사슴을 불러본다.

사슴과 놀다 보니
괜히 슬퍼
사슴을 데리고 사진을 찍다.
─ 나라奈良 공원에서

새 해 맞 이

구름장을 찢고 화살처럼 퍼지는
새 날빛의 눈부심이여

'설'상을 차리는 다경多慶한 집 뜰안에도
나무판지에 불을 지르고 둘러앉은
걸인들의 남루위에도
자비로운 빛이여

새해 느는
숱한 기막힌 역사를 삼켰고
위대한 역사를 복중腹重에 뱄다.

이제 우리 느게
푸른 희망을 건다.
아름다운 꿈을 건다.

저녁 별

그 누가 하늘에 보석을 뿌렸나
작은 보석 큰 보석 곱기도 하다.
모닥불 놓고 옥수수 먹으며
하늘의 별을 세던 밤도 있었다.

별 하나 나 하나 별 두울 나 두울
논 뜰엔 당옥새 구슬피 울고
강낭수숫대 바람에 설렐 제
은하수 바라보면 밤도 멀어져

물방아소리 들은 지 오래
고향 하늘 별 뜬 밤 그리운 밤
호박꽃 초롱에 반딧불 넣고
이즈음 아이들도 별을 세는지.

하일산중 夏日山中

보리 이삭들이 바람에 물결칠 때마다
어느 밭고랑에서 종다리가 포루룽 하늘로 오를 것 같다.

논도랑을 건너고 밭머리를 휘놀아
동구릉東九陵 가는 길을 물으며 물으며 차츰
산속으로 드는 낮은 그림 속의 선인仙人처럼

내가 맑고 한가하다.
낮이 기운 산중에서 꿩소리를 듣는다.
다홍댕기를 칠칠 끄는 처녀 같은 맵시의 꿩을 찾다보면 철쭉꽃
이 불그레하게 펴 있다.

초록물이 뚝뚝 듣는 나무들이 그늘진 곳에
활나물 대나물 미일대를 보며
— 나는 배암이 무서워 칡순을 따 머리에 꽂던 일이며
파아란 가랑잎에 무릇을 받아먹던 일이며
도토리에 콩가루를
발라먹던 산골애기를 생각해낸다.

어디서 꿩알을 얻을 것 같은 산속
'숙淑'은 산나물 꺾는 게 좋고 난 '송충'이가 무섭고 —

한 치도 못 되는 벌레에게 다닥뜨릴 때마다
이처럼 질겁을 해 번번이 못난이 짓을 함은

진정 병신성스러우렷다.
솔밭을 헤어나 첫째 능에 절하고 들어 잔디 위에 다리를 쉰다.

천년 묵은 여우라도 나올 성부른 태고적 조용한 낮
내가 잠깐 현기眩氣를 느낀다.

3

시집 『별을 쳐다보며』

1953

별을 쳐다보며

나무가 항시 하늘로 향하듯이
발은 땅을 딛고도 우리
별을 쳐다보며 걸어갑시다.

친구보다
좀 더 높은 자리에 있어본댔자
명예가 남보다 뛰어나본댔자
또 미운 놈을 혼내주어 본다는 일
그까짓 것이 다 무엇입니까

술 한 잔만도 못한
대수롭잖은 일들입니다.
발은 땅을 딛고도 우리
별을 쳐다보며 걸어갑시다.

무 명 전 사 의 무 덤 앞 에
― 유엔 묘지에서

사나운 이리 떼 사뭇 밀려와
아무 영문도 모르는
정녕 아무 영문도 모르고 있던
평화스러운 양¥의 우리를
뛰어넘어 들던 날

죄 없는 백성들 처참히 물려 쓰러지고
포악 잔인한 앞에 어미는 자식을 감추고
아내는 남편을 감추며
하늘을 우러러 부르짖었다.

저 멀리 몇 천 만 리 밖
아름다운 농원에서 일하던 이들
첨탑이 높이 선 대학의 청년들이
분노에 떨며 군복을 갈아입고 뛰쳐나와

아세아의 한 끝 코리아를 찾아서 찾아서
구름을 헤치고 바람을 밀치며
하늘이 까맣게 달려와 주었나니
일찍이 이방인의 모습이
이렇듯 반가운 적이 있었으랴.
우리를 살리려 온 그대들은 바로 천사였어라.

태평양을 건너 낯설고 빈한한 이 땅
별로 아름답지도 장하지도 못한 건물을
총 들고 지켜주는 이역異域의 아침은
얼마나 어설펐으랴.
홈식이 뭉클 치밀 때마다
보다 준엄한 정의가 있었다.

이제 그대 영원한 평화의 사도되어
동양 한구석 코리아에 조그만 면적을 차지하고
들국화에 싸여
푸른 하늘에 안겨
여기 누웠나니

나 그대의 이름을 모르건만
이슬 젖은 돌 십자가에 조용히 이마 대며
지극히 경건한 마음 하고 엎디어 절하노라.

한국 전장의 이름 없는 전사여
편히 쉬시라!
훈장 대신 가슴엔 별을 차고
그대 길이 땅 위의 평화를 지키는 자 되라.

희 망

꽃술이 바람에 고갯짓하고
숲들 사뭇 우짖습니다.

그대가 오신다는 기별만 같아
치맛자락 풀덤불에 긁히며
그대를 맞으러 나왔습니다.

내 낭자에 산호잠 하나 못 꽂고
실안개 도는 갑사치마도 못 걸친 채
그대 황홀히 나를 맞아주겠거니 ―
오신다는 길가에 나왔습니다.

저 산말낭*에 그대가 금시 나타날 것만 같습니다.
녹음 사이 당신의 말굽소리가 들리는 것 같습니다.
내 가슴이 왜 갑자기 설렙니까

꽃다발을 샘물에 축이며 축이며
산마루를 쳐다보고 또 쳐다봅니다.

---

* 산등성이마루

설 중 매

송이송이 흰빛 눈과 새워
소복한 여인 모양 고귀하이
어둠 속에도 향기로 드러나
아름다움 열 꽃을 제치는구나.

그윽한 향 품고
제철 꽃밭 마다하며
눈 속에 만발함은
어느 아낙네의 매운 넋이냐.

검 정 나 비

너를 피해 달음질치기 열 몇 해
입 축일 샘가 하나 없는 길
자갈돌 발부리 차 피내며
죽기로 달린다.

문득 고개 돌리니
너는 내 그림자 ─ 나를 따랐구나.
내려앉은 꽃잎 모양
상장喪章과도 같이

나 이제
네 앞에 곱게 드리워지나니
오 ─ 나의 마지막 날은 언제냐

아 름 다 운 얘 기 를 하 자

아름다운 얘기를 좀 하자.
별이 자꾸 우리를 보지 않느냐

닷 돈짜리 왜떡을 사먹을 제도
살구꽃이 환한 마을에서의 우리는 정답게 지냈다.

성황당 고개를 넘으면서도
우리 서로 의지하면 든든했다.
하필 옛날이 그리울 것이냐만

늬 안에도 내 속에도 시방은
귀신이 뿔을 돋혔기에 ―

병든 너는 내 그림자
미운 네 꼴은 또 하나의 나

어쩌자는 얘기냐, 너는 어쩌자는 얘기냐
별이 자꾸 우리를 보지 않느냐
아름다운 얘기를 좀 하자.

그리운 마을

산엔 칡덤불 위에 다래와 어름이 열렸겠다.
머루는 서리를 맞아야 달았다.
박우물 가엔 언제나 질동이 속 뉘 집 도토리가 울궈지고
좋은 것은 다 읍엘 가야만 사 왔다.
거렁뱅이도 상을 받쳐 주는 사람들
잘생긴 느티나무 아래서 태고연히
조바심도 시기도 없던 마을
총소리나 말굽 소리는 더구나 멀었다.

어떤 친구에게

같은 별 아래 태어난 여인이기에
너와 나는 함께 울었고 같이 웃었다.
너를 찾아 밤길을 간 것도
눈 덮인 벌판을 걸어서 찾은 것도
내 가슴을 펼 수 있는 네 가슴이었기에 ―

대학 교정에서 그대를 만났을 제
내 눈은 신록을 본 듯 번쩍 뜨였고
손길을 잡게 되던 날 내 가슴은 뛰었었나니

그대와 나는 자매별모양 빛났더니라.
나를 보는 이 네가 떠올랐고
너를 대하는 이 또 나를 생각해냈다.

어떤 사람은 너를 더 빛난다 했고
다른 이 또 나를 더 좋다 했다.

너와 나 같은 동산에 서지 않았던들
너 나를 이런 곳에 밀어넣지는 않았을 것이고
우리는 얼마나 더 정다웠으랴.

산 염 불 山念佛

산염불 소리 꺾이어 넘어가면
커단히 떠오르는 얼굴 있어
우정 산염불 틀어 놓고는
우는 밤이 있어라.

비인 주머니하고 풀 없이 다니던 일
쩌릿하니 가슴에다 못을 친다.
지금쯤 어뇌
쥐도 새끼를 안 친다는 그 땅광에서
남쪽 하늘 그리며
큰 눈 꺼벅이고 있는지
겁먹은 눈을 뜬 채 또 쓰러져 버렸는지 ―

농 가 의   새 해

흙을 사랑하는 사람들
일생 흙에 살다

논이랑 밭이랑 내다보이는 푸른 들녘은
어느 보화보다 좋고

흙은 그대로 아름다운 것
향기 누우러니 흰옷에 배이다

초가집 도란도란 이웃해 앉아
이 아침 저들은
농가의 새해를 마른다.

송 년 부 送年賦
— 신묘년에 부치는

소돔 고모라도 아니건만 재앙이 내려
꽃봉오리 같은 젊은이들이
산 제물로 바쳐졌나니

마지막 이 저녁
너는 무엇을 주고 떠나려느냐.

아우성 치는 저 군중들에게
무엇을 가지고 위로할 것이냐.

어둠과 불안이 충충한 거리를
숱한 사람들의 대열이 무겁게 흐른다.
가나안 복지를 향해서가 아니란다.

하나같이 낯 없는 날들이었다.
검은 망토자락 같은 날들
어느 구석에 꽃 한 송이라도 피워보았느냐.

너와는 작별이 좋다.
아름다운 애기도 있을 수가 없지 않느냐.
종을 울려라.
제야의 종을 울려

우렁차게 울려라.
성 안팎 속속들이
옛 것은 나가라 ― 종을 울려라.

북으로 북으로

칡넝쿨 우거진 산협을 지나
태극기 출렁거리던 마을을 생각하며
지금쯤 어느 고지를 지키고 있느냐.

아카시아의 흰 꽃이 향기롭던 아침
너는 임께 바친 몸이었어라.

약소민족의 비애를 삼키며
조국이 위태하던 아침
대한의 남아답게 내달아
정의의 칼을 집고 전열戰列에 끼였나니
오늘은 북으로 북으로 —

꽃망울 같은 젊은이들
조국을 위하여 자유를 위하여
군화 소리 드높이
끝날 줄 모르는 전열이 굽이치며 지나간다.

우리의 서울을 불사르고
아버지와 남편을 끌어가고
죄 없는 사람들을 죽이고 간
우리의 원수를 찾아서 —

"원수를 갚아다우!"
아버지의 시체는 '의정부' 산기슭에
눈을 뜬 채 쓰러져 있었다.

별을 인 이 밤에도
군화소리 드높이
북으로 다시 북으로 —

조국은 피를 흘린다

잘라진 강토에선 오늘도 피가 흐른다.
할미꽃보다 더 짙은 피가 흐른다.
어느 문서에 있는 죄목이기에 —

이런 청천의 벽력만 없다면
하필 탄환 재며 피비린내 피울 거냐.
달 속에 계수나무 비치는 우물에선 아내가 물을 긷는
못 잊을 촌락을 뒤에 두고
전장으로 달림은 누구보다 평화를 사랑하는 연고로

유식한 사람들 하나같이 전쟁을 미워하는 세대에
누구는 싸움이 좋을 건가
꽃 같은 청춘들은 누구는 싸움터로 보내고 싶을 거냐.

기름진 강토는 전신 만창이 되고
어진 백성 짐승 모양 사뭇 잡아죽이는 마당
조국은 피를 흘리는데
우리 싸우지 않고 어찌하랴.

누구보다 평화를 사랑하는 백성이기에
평화를 지키는 사람들이기에
모두 다 발 구르며 싸움터로 달리는 것이다.

상이 군인
― 국립중앙정양원을 찾고

머리 저절로 숙여지는 앞
따뜻한 말 한마디 건네보고 싶어
번번이 돌려놓곤 한참 서서 다시 바라본다.
만국평화회의엔 그대가 증거로 나서야 할 게다.

손톱 하나가 빠지는데 죽을 뻔했다.
팔을 자르다니 ― 다리를 둘 다 자르다니 ―
두 눈을 없이 한다 ―
나는 현기가 난다. 몸이 다 아파 들어온다.

진정 생각도 할 수 없는 일이다.
이것을 감행한 용사가 있다.
여기 있다.

다리 없는 바지 자락이 철러덕거릴 제마다
보는 사람 가슴 밑창에서 경례 우러나오고
미안한 생각 바위처럼 내리눌렀다.

그는 병신이 아니다. 나라 위해 바친
귀한 없는 팔을
가진 사람이다.
나라에 바친 귀한 없는 다리를

가진 사람이다.

어늬 뛰어나는 애국 연설도
이 없는 다리만큼은 웅변이 못 될 게다.
온 백성이 드리는 가장 큰 꽃둘레를 받아라.
온갖 존귀와 영광을 그대에게 돌리노라.

이 산離散

어쩔 수 없는 마지막 시간이 왔다
'그럼 난 떠나야지'

아버지는 식구들에게 일렀다.
"다시 우리 오게 되는 땐
집이 없어졌더라도 이 터전에서들 만나기로 하자"

아이 어른은 대답 대신 와 ― 울음이 터져 버렸다.
태극기에서 떨어지는 날은
이렇듯 몸 둘 곳이 없어졌다.

대한민국이 죽은 사람 모양 그리웠다.

기계 소리

공장은 소리쳐 시민들을 흔들어 깨우고
벌써 오늘의 전열에 들어섰다.
왕왕대는 기계 소리 동력의 피대皮帶 소리

음악에 끌려 다방으로 빠진다는 아씨처럼
기계 소리에 신이 나 숙이는 공장으로 든다.

한낮이면 날개를 펴 구경시키는
거리의 병든 공작들은
언제나 수치를 배울 수 있을는지

기계 소리 사람을 삼키려드는 속에
숙이는 영웅처럼 돌아간다.
나를 뽑아달라는 지루한 연설보다
여공은 얼마나 잘하는 일이냐

모터가 돌아간다.
장부책엔 생산량이 기입된다.
묵묵히 조국의 동맥이 되는 사람들
오늘도 말없이 웅장한 기계 소리를 낸다.

눈 보 라

눈보라 속에 네거리 사람들은
오직 고 스톱을 몰라 당황해 한다.

동상 하나 못 선 로터리에도
눈이 오니 괜찮다.

이런 날도 뜨거운 창안에서
사무를 생각해야 하는 사람들이 있겠다.

눈이 펑펑 쏟아지면
내 속에선 사과꽃이 핀다.

이대로 걸음이 내 집을 향해선
안 된다.

어디로 가야만 하겠다.
누구와 더불어 애기를 해야만 될 것 같다.

그 네

남갑사 치마에 홍갑사 댕기를
충충 따 내린 머리끝에 물리고
그네 위에 흐능청 올라섬은
열일곱 용기렷다.

느티나무 잎사귀 입에 따 물며
오이씨 같은 발부리가 창공을 차고
까아맣게 늘였다 들어오는 길은
현기와 함께 신이 나는 법이겠다.

오월의 하늘은 월남옥색인데
힘있게 하늘을 차는 이 땅 처녀들의 기상은
낙랑시절의 여인인가

그네를 맘껏 늘였다 천천히 들어옴은
승전을 하고 드는 용사의 모습과도 같으이.

임 진 송壬辰頌

백두산 천지에 눈부신 서광이 어리었다.
삼천리 들과 시냇가에
우렁찬 민족의 노랫소리 퍼지려 한다.

집집이 꽃수레를 만들어라.
우리 용님을 맞으러 나가자.

지친 사람들이 밤을 새워 기다렸거니
임진의 상서로운 새해의 동이 튼다.

눈이 찾아주는 날

눈이 날린다.
철창 밖에 눈이 날린다.
내 좋은 눈이 여기까지 찾아주었다.
마음은 발돋움을 하고 내다본다.
눈 오는 들판을 내 마음은 눈과 함께 달린다.

마음은 푸른 하늘을

높은 담장이 가로막고
무거운 철문이 나를 넣고 잠갔어도

마음의 창문은 열려 있어
나는 이 누더기 속에 있지 않다.
이 붉은 계열 속에 있지 않다.

마음은 언제나 푸른 하늘을 ―
대한의 푸른 하늘을 ―

별은 창에

잘 드는 비수로 가슴속 샅샅이 헤쳐 보아도
내 마음 조국을 잊어본 일 정녕 없거늘
어인 일로 나 어제 기막힌 패를 달고
여기까지 흘러왔느냐.

단잠을 앗아간 지리한 밤들이
긴 짐승 모양 징그럽게 감겨들고
밝기를 기다리는 괴로운 시시각각
한숨과 더불어 몸 뒤적이면

철창은 바람에 울고
밤이슬 소리없이
유리창에 눈물짓는 새벽

별은 창마다

지 옥

밖에서 열어 주어야만 나갈 수가 있다.
누가 죽어 넘어져도 소용없다.

온갖 것은 해주기만 바라야 하는 곳.
하나에서 열까지 정말 하나에서 열까지
후유 ─
여기가 지옥이로구나.
주먹밥 한 개 먹고 나면 다음은 이 사냥
머리를 풀어헤치고 누운 할머니
삼경에 변기 위에서 미치는 젊은 여인
발진티푸스 환자

파충류들 모양 마룻바닥에 가 늘어졌다.
이 틈에 가 끼여서 나는
하루하루 더 쭈글쭈글해가는 내 손등을 들여다본다.

그믐달

청각과 취각이 이처럼 발달하랴
인가가 어딘데 기름 냄새를 맡아 들이느냐.
사뭇 환장을 하려 든다.
어머니가 생각난 소녀
아이들이 보고 싶어진 어머니
이 구석 저 구석에 울음 빛이다.

내사 아무렇지도 않다.
징그러운 이해가 가는 것만 좋다.
어서 새해가 밝아라.
떡국이 없음 어떠냐 그저 새해가 밝아라.

유령 같은 친구들이 웅기중기 앉아
꿈 해몽이 아니면
날마다 일과는 어찌 그리 음식 얘기냐.
입으로 수수엿을 먹고 두테떡을 만든다.
언제 나가서 이런 걸 다시 해보느냐고
경주 아주머니는 또 눈물을 닦는다.

고 함 을 칠 것 같 아

우리 안에 든 짐승 모양
온종일 바깥만 내다본다.
밖에서 돌아가며 히히대는 급사 소년이
무슨 정승같이 부럽구나.

어디 상처를 지닌 짐승 모양
우리 속에서 나는 사뭇 끙끙 앓아댄다.
고함을 쳤으면 시원할 것 같다.
소래기를 크게 질러버릴 것 같은 순간이 있다.

누가 알아 주는 투사냐

자신 없는 훈장이 내게 채워졌다.
어울리지 않는 표창이다.
오등五等 콩밥과 눈물을 함께 씹어 넘기며
밤이면 다리 팔 떼어놓고 싶게
좁은 잠자리에 주리 틀리우고
날이 밝으면 날이 날마다 걸어보는 소망
이런 하루하루가 내 피를 족족 말리운다.
이런 것 다 보람 있어야 할 투사라면
차라리 얼마나 값 있으랴만

나는 무엇을 위해 이 고초를 받는 것이냐
누가 알아 주는 투사냐

붉은 군대의 총부리를 받아
대한민국의 총부리를 받아
새빨가니 뒤집어쓰고
감옥에까지 들어왔다.
어처구니없어라 이는 꿈일 게다.
진정 꿈일 게다.

밤새 전선줄이 잉잉대고 울면
감방 안에서 나도 운다.

땟국 젖은 겹옷에서 두고 온 집 냄새를
움켜 마시며 마시며
어제도 꿈엔 집엘 가보았다.

저승인가 보다

내가 저승엘 왔나 보다.
아무래도 여기가 저승인가 보다.
바깥세상과는 완전히 끊어져
아무도 나를 찾아주는 이 없구나.
그들은 확실히 딴 세상에 산다.

철 창 의 봄

푸른 옷을 입은 여수女囚는
요새 와서
창 밖을 내다보는 버릇이 부쩍 심해졌다.

여인의 눈이 떨어지는 곳엔
눈이 녹는 자리 파란 쑥이 드러났다.
며칠 뒤
늘 창 밖을 내다보던 여인은
병이 나서 덜컥 누워 버렸다.

언덕

창으로 하늘이 들어온다.
눈만 뜨면 내다보는 언덕
소나무가 서너 개 아무것도 없다.
오늘도 소나무가 서너 개 아무것도 안 뵌다.

방안 풍경이 보기 싫어
온종일 언덕을 바라본다.
사람이 지나가면 눈이 다 밝아진다.

전봇대 모양 우뚝 선 사람이 둘
혹시 나 아는 이가 아닐까

가슴이 답답하면 언덕을 본다.
눈물이 나면 언덕을 본다.
이방異邦 같아 쓸쓸하면 언덕을 본다.
언니랑 조카가 보고프면 언덕을 본다.

모녀의 출감

엄마는 트럭을 타고 형무소 묘지로
애기는 승용차를 타고 고아원으로
모녀는 이렇게 소원이던 출감을 했다.

엄마가 감방에서 애기를 낳던 날 밤엔
비바람이 우짖고 뇌성벽력을 하더란다.

징역 삼 년을 다 못 산 어느 날 저녁
봉화 아주머니는 이렇게 출감을 했다.

이 태 보 다 한 주 일

이 년을 메고 다 살았다는 광주댁이
출감 날짜를 받아왔다.
콩밥이 예순 덩이 남았단다.

열 밤을 남겨놓고
사뭇 못 견딘다.

일곱 밤이 남은 날 저녁
광주댁은 열을 내고 몸져 앓았다.

면 회

"노천명이 면회"
철커덕 감방 문이 열린다.
이렇게 반가운 말은 다시 없다.
허둥지둥 간수의 뒤를 따르며
머리에 떠오르는 친한 얼굴들 ―

번번이 나타나는 이는 오직
눈물어린 언니의 얼굴
반갑고 미안한 생각
언니 앞에 머리를 숙이다
날마다라도 오고 싶은 형무소라 한다.

애기보다 메기고 싶어 내놓는 음식
눈물에 어려 떡도 나마가시도 보이지가 않는다.
그가 헤어지라는 간수 말에
두고 가는 이나 떨어지는 가슴
바로 곧 핏줄이 당긴다.

콩 한 알은 황소가 한 마리

비둘기가 아니라도
콩이 좋아
꼭 찍은 오등 콩밥에 노오라니 박힌 걸
빠끔빠끔 빼먹으면
보리밥 덩어리가 보기 좋게 얽는다.

이 안의 콩 한 알은 밖의 황소가 한 마리란다.
소금을 설탕인 양 맛있게 먹는 족속들이 있다.

유 명 하 다 는   것

유명하다는 건 얼마나 거북한 차림차림이냐
이 거추장스런 것일레
나는 저기서도 여기서도
걸려 넘어지고
처참하게 찢겨졌다.

아무도 관심을 안 해 주는 자리는
얼마나 또 편한 위치냐.

거 지 가 부 러 워

온 방안 사람들이 거지를 부럽단다.
나두 거지가 부러워졌다.
빌어먹으면 어떠냐
자유! 자유만 있다면

저 햇볕아래 깡통을 들고도
저들은 자유로울 것이 아니냐
네가 무엇을 원하느냐 묻는다면
나는

첫째도 자유.
둘째도 자유.
셋째도 자유라 하겠다

개 짖는 소리

개 짖는 소리가 들려온다.
아는 이의 음성처럼 반갑구나.
인가가 여기선 가까운가 보다.

개 짖는 소리를 듣고 있으면
식구들 신발이 툇돌 위 나란히 놓인
어느 집 다행多幸한 정경이 떠오른다.

날이 새면 부엌엔 밥 김이 어리고
화롯가엔 찌개가 보글보글 끓고
할머니는 잔소리를 해도 좋을 게다.

새벽녘 개 짖는 소리는
인가의 정경을 실어다 준다.
감방 안에서 생각하는 바깥은
하나같이 행복스럽기만 하다.

감 방 풍 경

해산어멈같이 입들이 달아 콩밥이 맛있어.
오동짓달에 셔츠도 벗어 준다.
한 덩이 밥을 양보하는 건 이 안에서 위대한 일이다.

함께 지내는 지 달포에
서로 이름을 묻지 않았다.
'오십팔 번' '이십 번'으로 불편 없이 통함에랴

좋은 별명을 까닭 없이 싫어하는
잘생긴 나폴레옹 할머니
"오늘은 날이 좋으니
말을 타고 알프스 산이나 넘어 보시죠"

짐승 모양

우리 안에 넣어 놓으면
짐승이 되나 보다.
할머니와 젊은 여인이
짐승 모양 으르릉댄다.

창구멍으로 밥이 들어올 제
잠자리를 잡을 제면
오구탕 치듯 굿을 하고
문밖에서 '호랑이' 간수의 채찍이 운다.

이 사람들을 면할 도리는 없는 일
감옥 속에 또 감옥살이가 있다.

고 별

어제 나에게 찬사와 꽃다발을 던지고
우레 같은 박수를 보내주던 인사들
오늘은 멸시의 눈초리로 혹은 무심히
내 앞을 지나쳐 버린다.

청춘을 바친 이 땅
오늘 내 머리에는 용수가 씌워졌다.

고도孤島에라도 좋으니 차라리 머언 곳으로 —
나를 보내 다오.
뱃사공은 나와 방언方言이 달라도 좋다.

내가 떠나면
정든 책상은 고물상이 업어갈 것이고
아끼던 책들은 천덕구니가 되어 장터로 나갈게다.

나와 친하던 이들 또 나를 시기하던 이들
잔을 들어라. 그대들과 나 사이에
마지막 작별의 잔을 높이 들자.

우정이라는 것 또 신의라는 것
이것은 다 어디 있는 것이냐.

생쥐에게나 뜯어먹게 던져 주어라.

온갖 화근이었던 이름 석 자를
갈기갈기 찢어서 바다에 던져 버리련다.
나를 어느 떨어진 섬으로 멀리멀리 보내 다오.

눈물어린 얼굴을 돌이키고
나는 이곳을 떠나련다.
개 짖는 마을들아
닭이 새벽을 알리는 촌가村家들아
잘 있거라.

별이 있고
하늘이 보이고
거기 자유가 닫히지 않는 곳이라면 ─

이름 없는 여인이 되어

어느 조그만 산골로 들어가
나는 이름 없는 여인이 되고 싶소.
초가지붕에 박넝쿨 올리고
삼밭엔 오이랑 호박을 놓고
들장미로 울타리를 엮어
마당엔 하늘을 욕심껏 들여놓고
밤이면 실컷 별을 안고

부엉이가 우는 밤도 내사 외롭지 않겠소.
기차가 지나가 버리는 마을
놋양푼의 수수엿을 녹여 먹으며
내 좋은 사람과 밤이 늦도록
여우 나는 산골 얘기를 하면
삽살개는 달을 짖고
나는 여왕보다 더 행복하겠소.

조 춘*

"어디를 가십니까?"
노타이 청년의 대수롭잖은 인사에도
포도주처럼 흥분함은
무슨 까닭입니까

머지않아 아가씨 가슴에도
누가 산도야지를 놓겠구려

---

* 시집 『산호림』에 수록된 「소녀」와 같음

아 내

젖 먹는 아가의 머리를 쓰다듬으며
엄마는 시름없이 한숨을 지었다.
'아가! 아버지 언제 오시니'
젖을 삼키던 아가는 얼른 머리를 긁었다.
찬바람에 벽의 시래깃단이 휘날리고
여인의 머릿속엔
남편의 돌돌 말린 베옷이 떠올랐다.

장 미 는   꺾 이 다

석류 벌어지는 소리 들리는 낮
장미 같은 여인은 떠나가다.

'내가 시각이 급한데 큰일이다
천주님이 어서 날 불러 주셔야 할건데'

성당의 낮 종이 울려오기 전
콜롬바는 예수의 고상을 꼭 쥐고
자는 듯이 눈을 감았다.
스물하고 둘
장미 우지끈 꺾이다.

너 이제사
괴롭던 육신을 벗어 버렸구나.
사랑하는 이들 ―
아끼던 것들 ―
다 놓고 빈손으로 혼자 떠나 버렸다.

하늘엔 흰 구름만 떠간다.

제 야

멀리 갔던 이들 돌아오고
풍성풍성히 저자도 보는 명절날
돌아갈 수 없는 집 있어
먼 하늘 바라보며 기둥 모양 우뚝 섰다.

별은 포기 포기 솟아
모두 다 식구들의 얼굴이 되다.

'희姬'야 새날이 와
내가 돌아가는 날 너도 떡을 빚고 술을 담그자.

임 오시던 날

임이 오시던 날
버선발로 달려가 맞았으련만
굳이 문 닫고 죽죽 울었습니다.

기다리다 지쳤음이로리까
늦으셨다 노여움이로리까
그도 저도 아니오이다.
그저 자꾸만 눈물이 나
문 닫고 죽죽 울었습니다.

4

시집 『사슴의 노래』

사후 출판, 1958

캐피털 웨이

샅샅이 드러내놓는
대낮은 고발자
눌러보고 싸주어 아름답게만 보아주는
밤은 연인

시속 십오 마일의 안전 상태로
나 이 밤에 캐피털 웨이를 달린다.
낮에 낙엽을 줍던 이도 안 보이고
다람쥐처럼 옹송거리고 밤을 굽던 소년도 그 자리에 없다.

하나 좋은 줄 모르고 날마다 오르내린 이 길이
오늘 밤 유난히 멋지고 곱구나.
몇 백 환 택시의 효과여

가로수를 양옆에 끼고
포도鋪道를 미끄러지는 맛이 괜찮구나.
보초 대신 칸칸이 늘어선
나의 수박등들의 아름다움이여

개 짖는 집 하나 없는 이 골목을
난 이제 조심조심 들어가야 한다.
남의 집 급한 바느질을 하는 모퉁이집 할머니를 위해서

시린 손을 불며 과자봉지를 붙이는 반장 아저씨를 위해서
기침도 삼키고 나는 근신하며 들어서야 한다.

봄의 서곡

누가 오는데 이처럼 부산스러운가요.
목수는 널빤지를 재며 콧노래를 부르고

하나같이 가로수들은 초록 빛
새옷들을 받아 들었습니다.

선량한 친구들이 거리로 거리로 쏟아집니다.
여자들은 왜 이렇게 더 야단입니까

나는 포도에서 현기증이 납니다.
삼월의 햇볕 아래 모든 이지러졌던 것들이 솟아오릅니다.

보리는 그 윤나는 머리를 풀어 헤쳤습니다.
바람이 마음대로 붙잡고 속삭입니다.

어디서 종다리 한 놈 포르르 떠오르지 않나요
꺼어먼 살구 남기에 곧
올연한 분홍 베일이 씌워질까 봅니다.

아름다운 새벽을

내 가슴에선 사정없이 장미가 뜯겨지고
멀쩡하니 바보가 되어 서 있습니다.

흙바람이 모래를 끼얹고는
껄껄 웃으며 달아납니다.
이 시각에 어디메서 누가 우나 봅니다.

그 새벽들은 골짜구니 밑에 묻혀버렸으며
연인은 이미 배암의 춤을 추는 지 오래고
나는 혀끝으로 찌를 것을 단념했습니다.

사람들 이젠 종소리에도 깨일 수 없는
악의 꽃 속에 묻힌 밤

여기 저도 모르게 저지른 악이 있고
남이 나로 인하여 지은 죄가 있을 겁니다.

성모 마리아여
임종 모양 무거운 이 밤을 물리쳐 주소서.
그리고 아름다운 새벽을

저마다 내가 죄인이노라 무릎 꿇을 ―

저마다 참회의 눈물 뺨을 적실 ―
아름다운 새벽을 가져다 주소서.

선 취船醉

언제 떠날지 모르는
삼등 선실에서
나는 질식할 것 모양 가슴이
답답해온다.
갑판 위로 좀 나갔으면 하나
내 주머니 속엔 지화紙貨 대신 원고지뿐
수건으로 입을 막고 빈사 상태다.

이것 좀 봐요.
이런 도둑놈들이 있어요 글쎄
바다 밑에서 오는 것 같은
모깃소리만한
이런 얘기를 들으면서도 또 나는
여전히 자꾸만 메스껍다.
눈을 얻다가 주어야 좀 나으랴.

유월의 언덕

아카시아꽃이 핀 유월의 하늘은
사뭇 곱기만 한데
파라솔을 접듯이
마음을 접고 안으로 안으로만 든다.

이 인파 속에서 고독이
곧 얼음 모양 꼿꼿이 얼어 들어옴은
어쩐 까닭이뇨.

보리밭엔 양귀비꽃이 으스러지게 고운데
이른 아침부터 밤이 이슥토록
이야기해볼 사람은 없어
파라솔을 접듯이
마음을 접어가지고 안으로만 들다

장미가 말을 배우지 않은 이유를
알겠다.
사슴이 말을 하지 않는 연유도
알아듣겠다.

아카시아꽃 핀 유월의 언덕은
곱기만 한데……

낙 엽

간밤에 나는 나무 밑에 들어서
그들의 회의 광경을 보았습니다.

플라타너스 사시나무 떨듯하며
무서운 소리를 내고 있었습니다.

밖엔 나서니 바람 한 점 없는
자는 듯 조용한 밤하늘인 것을 ─

어젯밤 그처럼 웅성거리더니
아침에 발등이 안 뵈게
누우런 잎사귀들을 떨구어놨습니다.

시들은 잎사귀를 떨어버리는 데
그렇게 엄숙한 회의를 했군요.

겨울을 이겨낼 투사는 하나도 없었나 보죠.
플라타너스의 가을 밤 회의는
준엄한 것이었습니다.

독백

밤은 언제부터인지 안식의 시간이 못 되어
눈을 뜨고 ―
올빼미처럼 눈을 뜨고 깨어 있는 밤

시계소리를 듣기에도 성가신
해초와도 같이 후줄근해진 영혼이여

샹들리에 밑이 어두워서
나는 내 소중한 열쇠를 못 찾고
손수건같이 구겨진 오늘을 응시하며
한밤중 올빼미 모양 일어나 앉아
낙하산의 현기증을 느낀다.
무도회는 언제나 지쳐서들 쓰러질 것이냐

꿈속에서 모양 나는 맥아리가 하나도 없고
해감 속에서
한 발자국도 옮겨놔지지가 않는다.

별도 이제 내 친구는 못되고
풀 한 포기 나지 못한 허허벌판에서
전투기의 공중선회적 현기증
장미빛 새벽은 멀다 치고

회 상

잠 한숨 못 이루게
남산과 북악이 밤새껏 흐느껴 울었음은
천지가 바뀌는 큰 슬픔이었구나.

화려하던 도성은 하루아침
무례한 군화에 짓밟히고
잔약한 백석등 어릿광대 모양
얼굴에 칠들을 하고 어색하게 나섰다.

골목 좁은 길에서 또 상점 앞에서
일찍이 친구들과 더불어 던졌던 얘기를 주움은
길가에 꽁초를 줍는 이와 같은 아쉬움

가로수도 죽은 듯 공포에 서 있는 오후
가까운 이 하나 볼 수 없는 슬픈 거리여
모든 기관이 정지한 죽은 거리여!
개새끼가 물어간대도 돌아볼 친구 하나 없다.

잠 한숨 못 이루게
남산과 북악이 밤새껏 울었음은
천지가 바뀌는 큰 슬픔이었구나.

불덩어리 되어

더 참을 수 없이 임종처럼 괴롭던 밤
이 부드득 갈며 어려운 고비 깜빡할 제
온 누리를 둘렀던 어둠 번개같이 찢기며
활짝 열린 새 천지

물었다 놓은 이 자국도 생생하게 원수 물러가던 날
삼천만 하나같이 마음자리 바로하고
저마다 죄송하게 우러러보던 조국의 얼굴

1945년 8월 15일 ―
이날은 위대한 날이었어라.

이 땅의 일본 제국주의가 당황히 꺼꾸러지고
도시와 촌락 거리거리엔 사슬이 풀린 사람들

태극기 흔들며 노도怒濤 모양 밀려들어
척을 진 친구와도 입을 맞추던 그날 ―
우리 다 같이 가슴에 손 얹고 착해졌던 날 이날을 잊지는 않았
으리
하필 이스라엘 백성만이 어리석었으랴
임의 얼굴을 다시 가리려는 자는 누구냐

삼팔선 저 넘어선 카투사 포 소리도 은은히
슬라브의 음흉한 침략의 손길이 뻗어오는데
형제들아 우리는 무엇을 탐하고 있느냐
우리의 눈들은 원수 이외에 무엇을 노리는 것이냐.

대한의 맥박이 뛰는 손에 손을 쥐고
팔 년 전 우리들의 8.15로 돌아가자
여기서 우리 서로 껴안고
금 하나 안 간 한 덩어리 되어
이것은 또 불덩어리 되어
우리들의 원수의 가슴패기를 뚫자.

남 대 문   지 하 도

우물거리는 것들은 땅의 벌레가 아니라
하늘의 아들들이오.
층계는 실로 천층만층

"만년필 사보시죠"
"오늘 아침 신문입니다"
"고무줄 삽쇼"
다음 것이 오기 전에 현기증이 난다.

다리 다리 다리
광풍狂風이 뿌리는
빗발 같은 다리들이
소나기처럼 지나간다.

두꺼비 모양 엎드리고 있는 것은
빵장수 영감
두고 온 고향의 사과밭이 생각났나 보다.

아침 해도 안 드는 지하도
나비가 날아들면 당장 숨이 막힐 곳
많지도 않은 욕망들인데
머리 위에 전차를 이고
저들은 서커스를 한다.

오월의 노래

보리는 그 윤기나는 머리를 풀어헤치고
숲 사이 철쭉이 이제 가슴을 열었다.

아름다운 전설을 찾아
사슴은 화려한 고독을 씹으며
불로초 같은 오후의 생각을 오늘도 달린다.

부르다 목은 쉬어
산에 메아리만 하는 이름 ―

더불어 꽃길을 걸을 날은 언제뇨
하늘은 푸르러서 더 넓고
마지막 장미는 누구를 위한 것이냐.

하늘에서 비가 쏟아져라.
그리고 폭풍이 불어다오.
이 오월의 한낮을 나 그냥 갈 수는 없어라.

비 련 송悲戀頌

하늘은 곱게 타고 양귀비는 피었어도
그대일레 서럽고 서러운 날들
사랑은 괴롭고 슬프기만 한 것인가.

사랑의 가는 길은 가시덤불 고개
그 누구 이 고개를 눈물 없이 넘었던고
영웅도 호걸도 울고 넘는 이 고개

기어이 어긋나고 짓궂게 헤어지는
운명이 시기하는 야속한 이 길
아름다운 이들의 눈물의 고개

영지못엔 오늘도 탑 그림자 안 비치고
아사달은 뉘를 찾아 못 속으로 드는 거며
구슬아기 아사녀의 이 한을 어찌 푸나.

저 버 릴 수 없 어

누가 뭐라고 하든
내가 이 땅을 저버릴 수 없어
불타는 가슴을 안고
오늘도
보리밭 널린 들판을 달리다
착한 사나이가 논을 갈고
지어미가 낮밥을 이고 나온 논 뜰
미나리 냄새 나는 흙에 입맞추고 싶구나.

누가 뭐라고 하든
내가 이 땅을 저버릴 수 없어
노여운 눈초리를
오월의 푸른 가랑잎으로 씻어보다.

추풍秋風에 붙이는 노래

가을바람이 우수수 불어옵니다.
신이 몰아오는 비인 마차소리가 들립니다.
웬일입니까
내 가슴이 써늘하게 샅샅이 얼어듭니다.

'인생은 짧다'고 실없이 옮겨본 노릇이
오늘 아침 이 말은 내 가슴에다
화살처럼 와서 박혔습니다.
나는 아파서 몸을 추스를 수가 없습니다.

황혼이 시시각각으로 다가섭니다.
하루하루가 금싸라기 같은 날들입니다.
어쩌면 청춘은 그렇게 아름다운 것이었습니까
연인들이여 인색할 필요가 없습니다.

적은 듯이 지나버리는 생의 언덕에서
아름다운 꽃밭을 그대 만나거든
마음대로 앉아 노니다 가시오.
남이야 뭐라든 상관할 것이 아닙니다.

하고 싶은 일이 있거든 밤을 도와 하게 하시오.
총기는 늘 지니어 지는 것이 아닙니다.

나의 금싸라기 같은 날들이 하루하루 없어집니다.
이것을 잠가둘 상아궤짝도 아무것도
내가 알지 못합니다.

낙엽이 내 창을 두드립니다.
차 시간을 놓친 손님모양 당황합니다.
어쩌자고 신은 오늘이사 내게
청춘을 이렇듯 찬란하게 펴 보이십니까.

삼월의 노래

삼월이 오면 이 땅에 삼월이 오면
골짜기 산등세 불붙듯 번질
진달래 꽃망울 부풀어오르듯
우리들 가슴속 용솟음치는
삼일의 정신 ― 민족의 맥박 ―

삼월이 오면 이 땅에 삼월이 오면
산에서도 뻐꾹 들에서도 뻐꾹
자연의 곡조 시냇가에 흐르듯
우렁차게 퍼지는 민족의 노래, 삼월의 노래

조국의 독립을 찾아 매운 싸움 있었나니
울안의 홍도화는 유관순의 넋인가
삼월은 장한 달 이 나라의 아름다운 달
거리거리 골목골목
독립 정신이 출렁거리는 달

꽃 길 을 걸 어 서
— 사월의 기도

그 겨울이 다 가고
산에 갔던 아이들 손엔 할미꽃이 들려졌다.
사립문에 기대어 서서
진달래 자욱한 앞산을 바라보면
큰아기의 가슴은 파도모양 무지개같이 부풀어올랐다.
사월 큰아기의 꿈은 무지개같이 찬란했다.

웬일인지 이 봄엔 삼팔선이 터지고
나갔던 그이가 돌아올 것만 같다.
"갔다 오리다"
생생하게 지금도 귀에 들린다.
군복을 입은 모습
어찌 그리 늠름하고 더 잘나 보였을꼬

그이가 일선으로 나간 뒤부터
뉴스 영화의 군인들이 모두 다
그이 같아 반가워졌다.

주여
이 봄엔 통일을 꼭 가져다주소서.
그리하여
진달래 곱게 핀 꽃길을 걸어서
승전한 그이가 돌아오게 해주소서.

새 벽

온 누리에 그 소리 널리 퍼뜨리며
성당 종이 웁니다.
벌써 몇 차례를 성당 종이 웁니다.
새벽 미사엘 가는 사람들의
바쁜 걸음 소리가 어둠 속에 들립니다.

지새는 하늘 아래
간밤의 괴로움도 잊어버린 듯
객줏집 손들은 행장을 차리노라 수선스럽습니다.
기다렸던 아침이 왔기에
서리 찬 새벽바람을 머리에 이고도
사람들은 저마다 기쁨에
길을 떠납니다.

밤 중

도적고양이가 기왓장을 살포시 딛는 시각
나는 왜 눈이 뜨였는지 모르겠다.

아무리 눈을 꺼벅거려도 한 방 되는 어둠만
눈으로 입으로 들어올 뿐이다.

벌레들 우는 소리가 빗소리 같다.
숱한 젊은이들의 정령의 소리도 같다.

첫닭이 운다.
어디서 지금쯤 유다의 후예는 또
내일 아침 제 장사를 삼십 은전보다 더 싼값으로
팔아먹을 궁리를 하는지도 모른다.

동이 트려면 아직도 멀었나보다.
나는 어둠을 헤치러 나가는
자꾸 바닷물처럼 들이킨다.

오 늘

무엇에 쫓기는 것일까
막다른 골목으로 막다른 골목으로
내가 쫓기는 것만 같다.

나를 따르는 것은 빚쟁이도 아니요.
미친개도 아니요.
더더군다나 원수는 아니다.

밤의 안식은 천년의 세월이 덮은 듯 아득한 전설
네거리 횡단 길에 선 마음
소음에 신경은 사정없이 진동되고
내 눈은 고달퍼 핏줄이 섰다.

밤 천정의 한 마리의 거미가
보기 좋게 사람을 위협할 수도 있거니

무엇에 쫓기는 것일까
막다른 골목으로 내가 쫓긴다.
불안한 날들이 낯선 정거장 모양 다닥치고
털어버릴 수 없는 초조와 우수가
사월의 신록처럼
무성한다.

해 변

비치파라솔들이
독버섯 모양 곱게 널린 사장에
젊은 정열들이
해당화처럼 무더기무더기 피었다.

파도는 진종일
모래불을 놀리다 간다.
가는 것이 아니라 다시 또 밀려와
얼레발을 친다

모래불은 이럴 때마다
마음이 우수수 무너졌다.

사슴의 노래

하늘에 불이 났다.
하늘에 불이 났다.

도무지 나는 울 수 없고
사자같이 사나울 수도 없고
고운 생각으로 지녀 씹을 것은 더 못 되고

희랍적인 내 별을 거느리고
오직 죽음처럼 처참하다.
가슴에 꽂았던 장미를 뜯어버리는
슬픔이 커 상장喪章같이 처량한 나를
차라리 아는 이들을 떠나
사슴처럼 뛰어다녀보다

고독이 성처럼 나를 두르고
캄캄한 어둠이 어서 밀려오고
달도 없어 주

눈이 나려라. 비도 퍼부어라.
가슴의 장미를 뜯어버리는 날은
슬퍼 좋다.
하늘에 불이 났다.
하늘에 불이 났다.

대 합 실

막차가 떠난 뒤
대합실엔 종이쪽만 날고
거지아이도 잠이 드나 본데

시간표에도 없는 차 시간을
사람들은 지금 기다리고 있다.

생판 모르는 얼굴이 내리는 것인지도 모른다.
기적소리 산과 마음을 울리며

어느 바람 센 광야를 건너는 것이뇨
우랄알타이 보석 모양 너를 찾는 눈들이
번쩍거리고 지리한 낮과 밤이 연륜처럼 서린
곳에 마지막 보람이 있으려 함이뇨

시간표에도 없는 차 시간을
사람들은 지금 기다리고 있다.

피곤과 시장기와 외로움까지 두르고 앉아
눈을 감고 기다리는 사람들
목메어 소리치며 부를 그 사람은
언제나 온다는 것이냐.

탑 위의 시계는 얼굴을 가리고
아무도 지금 몇 시인지 알 수가 없다.

유관순 누나

무궁화 꽃둘레 만들어가지고
언제나 누나 무덤 찾아가 뵙나요.
유관순 누나는 장하기도 하지

일제에게 당한 가지가지 고초
얘기 들으면 내 살이 막 아파옵니다.
어느 나라 독립하던 얘기 들어도
이처럼 매웠던 일은 또 없습니다.

모진 채찍 사정없이 몸에 박혀도
꺾이지 않은 뜻은 대한 독립
부모를 죽이고 동생들을 불에 태고
일본도에 제 몸이 베어지면서도
숨지며 부른 것은 독립 만세

그는 거룩한 이 땅의 딸
대한의 불타는 혼이었습니다.
이제 거룩한 누나 몸에 피를 닦아줄
어디메 깨끗한 손길이 있답니까.

그대 말을 타고

멀리서 종소리가 들려옵니다.
날이 이제 새나봅니다.
천년 같은 기인 밤이었습니다.

고독과 어두움이 나를 두르고
모진 바람 채찍 모양 내게 감겨들었건만
그대를 기다리며 이 밤을 참았나이다.
그대 얼굴은 나의 태양이었나니

외로움에 몸부림치면
커어다란 얼굴 해주고
밖에서 마음 얼어 들어오면 녹여주고
한밤중 눈물지면 씻어 주었습니다.

어느 객줏집 마구간
말의 눈엔 새벽달이 비치고
곡마단 계집아이들도 잠이 들었을 무렵
그대를 기다리는 내 기도가 올려졌나이다.

이제나 오시렵니까 하마 저제나 오시렵니까
당신의 말굽 소리 듣는다면
단박에 내가 십 년은 젊어지겠나이다.

내 가슴에 장미를

더불어 누구와 얘기할 것인가
거리에서 나는 사슴 모양 어색하다.

나더러 어떻게 노래를 하라느냐
시인은 카나리아가 아니다.

제멋대로 내버려 두어다오.
노래를 잊어버렸다고 할 것이냐

밤이면 우는 나는 두견!
내 가슴속에도 장미를 피워다오.

슬 픈 축 전

장의의 행렬입니다.
상여가 나갑니다. 꽃상여가 나갑니다.
첫날 색시의 가마처럼 ―
지나가는 사람들 경건히 모자를 벗습니다.
그에게 마지막 예의를 보내기 위해

그가 백작의 부인이었건
저자 거리에 구으르는 여인이었건
이런 쓸데없는 얘기는
알 바 아닙니다.

이 세상을 떠나는
우리와 영영 작별하는 이의
엄숙한 행렬 앞에
다 경건히 모자를 벗고 작별해줍시다.

어 머 니 날

온 땅 위의 어머니들이 꽃다발을 받는 날
생전의 불효를 뉘우쳐
어머니 무덤에 눈물로 드린
안나 자비스의 한 송이 카네이션이
오늘 천 송이 만 송이 몇 억 송이로 피었어라.
어머니를 가진 이 빨간 카네이션을 가슴에 달고
어머니 없는 이는 하이얀 카네이션을 달아
'어머니날'을 찬양하자.

앞산의 진달래도 뒷산의 녹음도
눈 주어볼 겨를 없이
한국의 어머니는 흑인노예 모양 일을 하고
아무 찬양도 즐거움도 받은 적이 없어라.
이 땅의 어머니는 불쌍한 어머니
한 알의 밀알이 썩어서 싹을 내거니
청춘도 행복도 자녀 위해 용감히 희생하는
이 땅의 어머니는 장하신 어머니
미친 비바람 속에서도 어머니는 굳세었다.
5월의 비췻빛 하늘 아래
오늘 우리들의 꽃다발을 받으시라.
대지와 함께 오래 사시어
이 강산에 우리가 피우는 꽃을 보시라.

작 약

그 굳은 흙을 떠받으며
뜰 한구석에서
작약이 붉은 순을 뽑는다.

늬도 좀 저 모양 늬를 뽑아보렴
그야말로 즐거운 삶이 아니겠느냐.

육십을 살아도 헛사는 친구들
세상눈치 안 보며

맘대로 산 날 좀 장기帳記에서 뽑아보라.

젊은 나이에 치미는 힘들이 없느냐.
어찌할 수 없이 터지는 정열이 없느냐.
남이 뭐란다는 것은
오로지 못생긴 친구만이 문제 삼는 것.

남의 자尺는 남들 재라 하고
너는 늬 자로 너를 재일 일이다.

작약이 제 순을 뽑는다.
무서운 힘으로 제 순을 뽑는다.

어머니

성모 마리아를 비롯해서
어머니는 괴로워야 했다.

어디서 무슨 일이 났다면
괜히 가슴 철썩 내려앉는 것
두더지는 햇볕이 싫어 땅속으로 땅속으로 든다지만

어느 세상에서나 지하로 지하로만 드는 아들이 있어
모진 바람이 눈 위에 소리칠 때마다
더운 방에선 잠을 못 자고 어머니는 늙었다.

너도 남들처럼 너도 좀 남처럼
넥타이 매고 행길로 뻐젓이 훨훨 다녀보렴.
어머니가 죽기 전에
한 번만 이런 모양 보여주렴.

권두시 1

우리들 살림살이 보람 있을
조국의 아름다운 내일을 위해
저마다 오늘의 짐을 즐겁게 지자.

남빛 바다는 오늘도 푸른데
너 갈매기 모양 어디로 다 날리느냐
이 나라 튼튼한 살림의 고임돌 되고자

우리 다 같이
한여름 해바라기를 닮아보자.

권두시 2

댕댕이 넝쿨 위에 팔월이 긴다.
저 너머 산골에선 동배가 한창 여물고
저마다 바쁜 무성茂盛의 계절
아름다운 기운의 제전이여

사슴이 보일 것 같은 산길을
파아란 가랑잎 꺾어 들고
휘이적 휘이적 걸어가면
어디서 산꿩이 푸드득 날으는 낮
별안간 황홀해지는 세계

내 가슴에 아로새겨지는
푸른 노리개들
절렁절렁 흔들며
내가 사슴 모양 가다

당신을 위해

장미 모양 ─
으스러지게 곱게 피는 사랑이 있다면
당신은 어떻게 하시죠?

감히 손에 손을 잡을 수도 없고
속삭이기에는 좋은 나이에 열없고
그래서 눈은 하늘만을 처다보면
얘기는 우정 딴 데로 빗나가고
차디찬 몸짓으로 뜨거운 맘을 감추는
이런 일이 있다면 당신은 어떻게 하시죠?

행여 이런 마음 알지 않을까 하면
얼굴이 화끈 달아올라
그가 모르기를 바라며
말없이 지나가려는 여인이 있다면
당신은 어떻게 하시죠?

애 도

모두 다 바다로 찾아 나간 오후였다.
더위는 실내를 푹푹 삶아냈다.
비 오듯 듣는 땀을 씻을 생각도 않고
청년은 송신기를 고치기에 열중했다.

피로와 시장기가 온몸을 둘러쌌다.
찰나였다. 바로 이 찰나였다.
그는 감전해 순직을 했다.
스물세 살이 꽃봉오리 모양 꺾였다.
마지막 일 초까지 나라를 위해 바친 정열이
칠월의 태양과 함께 불잉걸처럼 탔다.

직장 마당 한 귀퉁이
부서진 찻간 속에
배고픈 날들과 함께 살며
어매랑 아배랑 고향이 그리웠단다.

이 땅의 아들 귀한 아들은
공산군의 전재戰災 통에
또 하나 이렇게 갔다.
동료들의 눈물에 떠서
꽃둘레를 목에 걸고

산개나리랑 다알리아랑
하얀 백도라지꽃에 덮여
사람들 모자 벗는 경례를 받으며
성스러운 순직 청년은
겸손히 떠나갔다.
동료들 가슴 속에 불을 일어주며
— 고 이성실 군 영결식장에서

8.15는 또 오는데

몰아치는 괴로움이 임종 모양 급하던 밤은
'해방'의 위대한 날을 낳아주다.

할머니는 농속의 태극기를
대낮에 꺼내 들고 허둥지둥 나오고
큰 기쁨은 슬픔과 통해
눈물 주먹으로 닦으며
광화문 해타海駝 앞 큰길을
어엉어엉 울어 건너는 젊은이도 있었다.

사람들 어지간한 원怨함 다 밟아 버리고
우리끼리 아름답게 껴안던 날
이날은 신도 축복했으리라.

지나간 그날이 왜 이처럼 그리우냐
우리들의 감격은 어디로 갔느냐
척을 진 친구와도 정답게 손을 잡던
너그러운 마음씨는 얻다가 놓쳤느냐
단죄자가 없이도
스스로 에누리 없이 뉘우쳤거니 ―

이제 쇠사슬을 쥔 북방의 검은 손이

새로이 민족의 발목을 노리는데

우리 다시 뜨겁게 손을 잡아야 하지 않겠는가

8.15는 오는데

8.15는 또 오는데

오월

이스라엘 백성보다 더 서러웠던 우리
오랜 겨울이 지나고 이제 신생의 힘찬 맥박이 뛴다.
투사의 상처 찬란히 빛나고
흩어졌던 겨레들 모여든 거리

모두모두 껴안고 울고 싶어라.
고운 아침 조국의 깃발이
장엄하게 날리는 아래서 너도나도
건설의 해머를 들자. 그리하여
우리 문화의 탑을 싸 올리자.

오월의 태양
오월의 바다
복 받은 조국의 오월이여.

성 탄

메시아가 세상에 오시는 새벽
어두운 밤을 헤치는 성탄의 노랫소리
집집이 불빛 찬란히 흐르고
사람들 메마른 가슴에 즐거움 깃들였나니
형제여 메리 크리스마스!

인류 구속救贖하러 오시는 왕의 왕
베들레헴 가난한 집 마구간으로
겸손히 오신 날
당신의 고초스러운 생 —
가시관에 쓴 잔이 약속된 날이어니

땅 위의 영광을 당신에게 돌리나이다.
가슴속 헤치며 드는 저 성당 종소리
탕자도 도둑도 당신의 죄 많은 아들들이
성당의 첨탑을 우러러보며 십자를 긋습니다.

오는 이 나라 겨레들은
또 하나의 이스라엘 백성

저들의 눈에서 눈물을 씻겨주소서.
주여 외로운 이들에게 강복降福하소서.
당신의 축복은 우리에게 있어야겠나이다.

만 추

가을은 마치를 타고 달아나는 신부
그는 온갖 화려한 것을 다 거두어가지고 갑니다.

그래서 하늘은 더 아름다워 보이고
대기는 한층 밝아 보입니다.

한 금 한 금 넘어가는 황혼의 햇살은
어쩌면 저렇게 진주빛을 했습니까
가을 하늘은 밝은 호수
여기다 낯을 씻고 이제사 정신이 났습니다.
은하와 북두칠성이 맑게 보입니다.

비인 들을 달리는 바람소리가
왜 저처럼 요란합니까
우리에게서 무엇을 앗아가지고
가는 것이 아닐까요.

유월의 목가

산양도 사뭇 푸른 계절
질동이를 앞에 논 아주머니는 아이들에게
파아란 가랑잎에다 무릇을 싸서 주고
하늘은 도무지 넓기만 한데 ─

언년이는 싸리꽃을 따서는 부비며 부비며
칡넝쿨 모양 덮이는 생각을 남모르게 재우다
그와 더불어 있을 수 있는 사람은 얼마나 행복할까
그에게 쓰여지는 물건들은 오죽이나 복될까

지긋이 참고 견딤은
하나의 즐거운 괴로움이기에
스스로 낸 율법 앞에
시시時時로 맵게 꿇어앉다

어쩐지 혼자서도 늘 함께 있는 마음
어젯밤 뻐꾸기 소리도 그와 같이 들었다.
뒷산의 흰 함박꽃도 그이와 볼 수 있었다.
한집이 아니라도 같이 있는 마음
이 마음이
오늘도 언년이를 살리다.

곡 촉 석 루哭矗石樓

논개 치마에 불이 붙어
논개 치맛자락에 불이 붙어

논개는 남강 비탈 위에 서서
화신처럼 무서웠더란다.

'우짜꼬 오매야! 촉석루가 탄다. 촉석루가'
마지막 지붕이 무너질 제는
기왓장 내려앉는 소리
온 진주가 진동을 했더란다.

기왓장만 내려앉은 게 아니오.
고을 사람들의 넋이 내려앉았기에
비봉산飛鳳山, 서장대西將臺가 몸부림을 치더란다.

조용히 살아가던 조그마한 마을에
이 어쩐 참혹한 재앙이었나뇨

밀어붙인 훤한 벌판은
일찍이 우리의 낯익은 상점들이 있던 곳
할매 때부터 정이 든 우리들의 집이 서 있던 자리

문둥이가 우는 밤
진주사 더 섧게 통곡하는 것을
진주사 더 섧게 두견 모양 목메이는 것을

나에게 레몬을

하루는 또 하루를 삼키고
내일로 내일로
내가 걸어가는 게 아니오, 밀려가오.

구정물을 먹었다, 토했다.
허우적댐은 익사를 하기가 억울해서요.

악惡이 양귀비꽃마냥 피어오르는 마음
저마다 모종을 못 내서 하는 판에

자식을 나무랄 게 못 되오.
울타리 안에서 기를 수는 없지 않소?

말도 안 나오고
눈 감아버리고 싶은 날이 있고

꿈 대신 무서운 심판이 어른거리는데
좋은 말 해줄 친척도 안 보이고!

할머니 내게 레몬을 좀 주시지
없음 향취 있는 아무 거고
곧 질식하게 생겼소.

봄비

강에 얼음장 꺼지는 소리가 들립니다.
이는 내 가슴속 어디서 나는 소리 같습니다.

봄이 온다기로
밤새껏 울어 새일 것은 없으련만
밤을 새워 땅이 꺼지게 통곡함은
이 겨울이 가는 때문이었습니다.

한밤을 줄기차게 서러워함은
겨울이 또 하나 가려함이었습니다.

화려한 꽃철을 가져온다지만

이 겨울을 보냄은
견딜 수 없는 비애였기에
한밤을 울어 울어 보내는 것입니다.

5

처음 공개하는 시

고 성 허古城墟 에 서

세고世苦에 시달린 몸
옛 성터에 쉬노라니
거친 풀 우거진 데
뭇새들만 우짖더라.
오백 년 부귀영화도
일장춘몽이런가.

—— 1928

봄 잔디 위에서

아지랑이 끼인 푸른 들을 내 호올로 거닐 제
어디선지 들려오는 종달새의 노랫소리
반가운 마음에 어딘가 어딘가 찾아 헤매다
나물 캐는 처녀 옆 지친 다리 쉬었었네.
팔랑팔랑 나부끼는 머리끝에 붉은 댕기
언젠가 내게도 있었던 그 시절
지나간 그 시절이 하도 그리워
허젓한 맘에 지나간 그림자나마 더듬어 보았노라.

푸른 잔디 위에 맥 놓고 앉았으니 솟는 생각 끝이 없어.
지난날 되 못 올 일은 어찌 그리 아름다운지
끝없는 추억에 넋 잃고 앉았을 제
종달새 한 놈 보리밭 푸른 물결 헤치고
하늘 높이 솟으며 노래 부르네.
꿈같은 추억에서 깨어난 내 넋
뜬 종달새 따라 내 노래 불렀었네.
듣는 이도 없는 것을 옛 시절이 그리워.

—— 1932

촉석루에 올라

진주晋州라 남강가에 촉석루 올라보니
강수는 흘러 흘러 아드막히 가는구나.
푸른 물 싸고도는 곳 의암義岩이라 하더라.

논개의 붉은 충절 의암에 서려 있다.
묻노니 몇 몇 사람 그 본을 받았는고
어즈버 인정의 변함 못내 설워하노라.

——— 1934

백일몽

강물은 흘러 흘러가고 어부는 배를 타고 오늘도 한가롭다.

능라도에 실버들이 이처럼 좋게 어리우면 ─하이얀 함박수건을 쓰고 머리통 위로 빨간 댕기를 뽑아내는 이 고장 색시들은 앞산놀이를 가느라고 나룻배마다 꽃을 피웠더란다.

유리같이 맑은 물속에 흰 구름을 보는 때면 ─철교는 사람을 건넬 것도 잊어버리고 저 건너 흰 모래사장─ 언젠간 누구들이 조금 슬픈 얘기와 함께 남기고 간 발자국들을 물끄러미 얻어 보고 엎드리려는 한낮 ─순애의 기념비 하나 얻어 보지 못하는 채 이 강변 기슭을 지나는 사람들은 곰팡난 얘기를 다시 꺼내 본다.

──── 1938

이 밤 새 기 를

이 밤새기를 내 얼마나 기다렸던고
닻 놓고 쉴 포구 찾아 이 부두에
내 작은 배 대었을 때는 엷은 안개
부두를 싸고돌던 아늑한 저녁이었소.

급기야 밤이 되어 사나운 물결
뱃전에 부딪치니
하마터면 내 작은 배 깨어져
천 조각 날 번한 무서운 밤이었소.

지나간 불안과 떨림 회상해 무엇할꼬
내 배는 떠나가노니 아침 햇살 가슴에 안고
물결 넘어 빛나는 언덕 바라보며
새 노래에 맞추어 배 저어 가노니
오, 내 얼마나 이 밤새기를 기다렸던고?

—— 1934

내 청춘의 배는

나는 먼 길 떠난 고달픈 나그네의 몸
어제는 물 건너고 오늘은 산 넘었건만
피곤한 이 넋 쉬어갈 주막 하나 없어
날 저문 황혼에 고개를 넘는
나그네의 고달픔이여! 서글픔이여!

밤하늘 이슬 내린 풀 위에 앉아
가없는 하늘을 치어다보면
생명의 푸른 바다 한복판 위에
청춘의 꿈을 싣고 가는
내 배를 보나니 내 배를 보나니

서리 찬 밤하늘의 은하수를 저어서 저어서
오늘도 내일도 지향 없이
운명의 해안을 돌고 또 돌리니
아늑한 항구에 대일 때까지
내 청춘의 배는—

———— 1935

산 딸 기

나는 나는 산색시
산에 여[實]노라.
붉게 타다 못해
검게 질리며
나는
산에 산에 여노라.
눈이 영롱함은 눈물에 젖은 탓
산새도 못 오게
가시 돋치고
산협의 긴긴 해를
송이송이
붉게 타노라.

———— 1936

맥 추麥秋

호박색 물결이 늠실거리는 밀밭 구월 여인의 손엔 힘 있게 낫이 번쩍이오. 사악 사악 베는가 하면 묶어지는 밀 단 맥추절麥秋節의 기쁨이 한낮 골짜구니에 피었소.

가마를 타고 친정 동구洞口를 나오던 날 고운 옷은 처음이오. 마지막이었소. 연잣간에선 말만 닦아다 먹건만 휘파람 불며 가는 저 연인들보다 그는 더 행복하오.

—— 1937

병실

산뜻하니 유리문을 한 하이얀 양실洋室
저만큼 모터의 고장을 수선하기 바쁘다.
아름다운 아침이여.

제6호실 빽쓰 안에선
그 여인의 아름다웠던 날의 회상들이
날마다 날마다 베드 위에서 반추反芻했다.

홀연 제비처럼 들러 붉은 카네이션을 놓고 가던
그 숙녀는 다시 들르질 않고
내 열표熱表는 오늘도 포물선을 그렸다.

늘골에서 물을 뺀다는 맞은편
인삼人蔘 같은 환자한텐
손님이 또 왔다 ─

엄마가 뭘 가져오고
형제들이 저무도록 드나들고
차라리 나는 돌아누워
본관本館의 시계탑을 독수리처럼 응시했다.

오후의 수심愁心이 쑥대처럼 무성하다.

진정 내가 아픈 델 의사는 모른다.
크로르카루치움― 오늘도 같은 주사를 부른다.
온순히 주사기 앞에 팔을 내놓고
고갤 돌려 창 밖을 내다보며
실은 내가 이런 생각을 한다 ―

그저 춘椿꽃 같은 피를
턱 턱 배앝다가
갓 서른이 되기 전 스물째를 노며 죽어졌으면―
얼마나 화려할까 ― 고

――― 1940

산 사 의 밤

1
머루 순을 보며 호올로 산속으로 들다.

댕댕이 넝쿨이며 범부채에서
내 어린 날의 얘기를 뒤지며
산길을 걸어
절을 찾아드는 유월의 낮의
휭 — 하니 묘지처럼 적적하구나.

도무지 와보지 못한 곳
둘러보아도 낯선 것뿐
저승을 가는 길이 이건가 싶어
언짢은 생각이 또 든다.

산사에 밤이 깊어
암자 위에 불심이 어리는데
어늬 선방에선가 목탁 소리….

눈감고 조용히 명복을 빌어준다.

2
잠은 멀고 달은 밝고 —

영창을 제치고 뜰로 나서다

한밤중 산골 수성 水聲이 요란한데
이슬 내린 바위에 앉아 물소리 듣노라면
산에서도 두견이 소리를 삼키며 울어

삼경도 지났는데
법당으로 올라가는 여승 하나
먹물 들인 장삼 깃에 '무상'이 아롱진다.

달 아래 가야산이 밝고 의젓한데
나
산에도 절에도 붙지 않는 마음….
귀곡새처럼 처량하다.

———— 1941

정靜의 소식
― 정의 부음을 듣던 날

박꽃은 밤에 피는 게 서러워서
밤이 피는 게 서러워서 ―

어매와 아배의 피가 흘러
그 여자는
나면서 불길한 별을 찾다
몸짓이 해당화처럼 짙어서 짙어서
울안엘 못 들고 바다를 보며 고독했다.

산토리를 마시면 번번이 멀리 간 애인을 욕하고
어매 나라 사람도 아배 나라 사람도 아니라고 울었다.

밤이면 밤마다 야회夜會에서 화려했다.
푸른 창을 두드리는 흰 손길도 있었다.

허나 그들은 다 쟐샹처럼 날아가 버렸다.

그 해도 그 해도
붉은 청춘은 탕진되고
오직 어매의 불행튼 운명이 상속되다.

―― 1941

1945-1950
해방부터 6.25 한국전쟁까지

약 속 된 날 이 있 거 니

박꽃이 지붕 위에 흰나비 모양 앉은 저녁
흰옷을 입은 사람들은
조국과 민족과 독립을 얘기했다.

바다로— 바다로— 나는 바다로 가리.
두 다리 뻗고 앉아
바람 함뿍 가슴에 안아 보련다.
그래도 시원치 않으리라
달랠 수 없는 가슴

기댈 데 없이 지내기 삼십육 년
구박과 눈치에 기죽어
설사리 자란 우리 형제
모진 채찍 아래 눈과 눈 마주치면
말을 삼킨 채 서로 눈물 어렸었나니

그때 일 생각한들 차마 오늘
우리 서로 다툴 건가
불행했던 날을 불러보면
서로 껴안고 울어도 남을 것을

원수도 아니요 이방사람 더구나 아닌—

오늘
서로 눈초리 사납게 지나침은
간밤에 어느 마귀가 뿌리고 간
악의 씨뇨

우리에게 약속된 빛나는 날이 있거니
장미꽃 아름답게 피워야 할
거리― 거리에―
어언 남부끄러운 욕설의 '방'들인고

그 앞에 통곡하고 싶음은
이 딸 하나뿐 아니리라
집집이 추녀 끝에
조국의 깃발 고요히 오늘

독립의 엄숙한 아침을 위해
형제여 다 같이 달게, 우리는
이름 없는 투사가 되자.
그리하여 괴로운 역사의 바퀴를 굴리자.
앞으로― 앞으로―

조국의 여명은 가까워온다.

머지않아 우리의 새로운 태양이
저 산마루에 떠오를 게다.

—— 1946

꽃 다 발

호산나 호산나
군중들아
만세를 불러라
솔문을 세워라
월계관을 쓰고
마라돈 왕 서윤복이 돌아온다.
죽을 먹고 나간 조선의 아들이
세계경기장에서 금강석모양 빛난다.
눈물이 나도록 장하지 않으냐
조국에 ― 민족에 ― 영광을 돌리고
조선의 청년들 세계에 빛낸
우리 선수들이 저기 돌아온다
어머니 아버지는 축배를 드시오

붉은 장미 흰 장미에
함박꽃을 곁들여
이 땅의 여인들아
꽃다발을 던져라
이제도 누가 절망의
한숨을 쉬려느냐
조선은 빛난다
머지않아 우리의

새날도 밝으리니
우리 그때 다시
개선가만 부르자

————— 1947

신 년 송 新年頌

새날이 밝습니다.
어둠을 헤치며 헤치며 몇 고개를 넘었던고.
이제 앞길이 환히 보입니다.
산山 이마의 저 찬란한 새해의 서광

눈보라 매운 채찍 몸에 감으며
속에서 싹트던 파아란 새 엄
올해에는 이 산에
진달래 곱게 곱게 피워봅시다.

—— 1949

한 매寒梅

송이송이 흰 빛 눈과 새우나니
아름다운 연꽃을 제치고―
소복素服한 여인모양 고귀해라.

제철 화단 마다하고
눈 속에 만발함은
어디 아낙네의 매운 넋이냐.

──── 1949

적적한 거리

친구들은 가고 적적한 거리
한종일 걸어도 반가운 이 만날 이 없어
사슴 모양 성큼 골목으로 들다

낯익은 얼굴들이 없어 낯선 거리
오호 클클한 저녁이여
인경덩이만한 비애 앞에 내가 섰노라.

박넝쿨 올린 지붕 밑에
우리 다 함께 모여 살 날은 언제라냐
옥수수는 올해도 다 익었는데.

—— 1949

인 경 의 독 백

아직도 날이 아니 새었느냐
몹시도 긴 밤이어라.

참고 보자니
오장이 터질 것만 같아라.
나를 왜 창살로 둘렀다냐

밤이면 서울을 안고
나 소리 없이 흐느껴 우노라….

둘씩 둘씩

언니는 아버지가 계신 곳으로 갔습니다 하루 아침 구름모양 훨
훨 떠나갔습니다
거기는 아버지와 언니가 여기는 어머니와 내가
하느님은 외로운가봐 둘씩 둘씩 나누었나봐요
하늘 높이 종달이가 지즐거리고 나뭇잎들 파아랗게 새순이 나
면 언니는 마음속에 살아납니다
가방 들고 학교서 돌아오던 모습 새벽이면 미사엘 가던 일
언니는 함박꽃 봉오리 같았습니다.

—— 1953

경례敬禮를 보내노라

눈에 신록新綠이 들어오는 것모양 길에 나가 내 눈이 시원한 때
는 오직 학생들을 보는 그때다. 길에 나가 가슴에 희망이 솟는
때는 오직 젊은 학생들을 보는 그때다. 저들은 우리의 바람 우
리의 기쁨 이 땅의 희망

사포를 쓴 총각아 "너 어느 학교냐?" 아무렇게나 생긴 얼굴이
귀쪽 한 번 잡아 당겨 주고 싶구나. 그가 뉘집 아들인지 이름이
무엔지 알 것은 없다

그저 사포 쓴 학생이 소중해. 이런 차림 한 그 또래 젊은이들에
게 내가 무조건 경례를 보내는 것이다.

무슨 때라도 되어 저들의 대열隊列이 민民다운 걸음씨로 행진
하며 끝이 없이 이 거리를 지나는 걸 보았는가? 군중 틈에 끼어
나는 감격해 울며 서서 본 일이 있다. 애국가를 부르는 어떤 순
간처럼—

———— 1954

환영 반공포로

역사적인 그날이여 씌워지는 쇠사슬을 끊고 반공투쟁 포로 청
년들 대한민국 품에 안기다

이제 돌아오는가 형제들아 이제사 돌아오는가 지친 다리도 신
나게 끌며 꿈에도 못 잊은 이 땅으로 아름다운 조국의 깃발 아
래로 얼마나 기다렸던 사람들이냐 환호소리 산과 들에 진동하
고 별빛도 소조蕭條히 고운 이 새벽강물은 그대들을 반겨 굽이
쳐 흐르며 산줄기도 업어줄 듯 다가서는구나

이제 여기 꽃다발 대신 자유와 그리운 얼굴들을 껴 얹어 주노라

천 년 같은 기인 밤 진정 증오와 징그러운 날들이었어라 쇠사
슬도 잡아뗄 수 없었던 그대들의 택한 반공 동지 독아毒牙의 만
蠻 아닌 것이 뚜렷이 드러난 마당 정의를 가려잡은 이들 이제
여기 돌아왔다 붉은 지옥에 갔던 아들들 여기 돌아왔다 저마다
가슴 속 꽃피던 자유의 천지 자유의 천지

이젠 맘 놓고 얘기를 해도 좋다 가고싶은 곳엔 어디고 가는 거다

감격에 출렁거리는 얼굴들 얼굴들이 새벽 조국의 품에 안기다
자유의 꽃다발 받으며 자유의 꽃다발 받으며

———— 1954

감추어 놓고

아버지는 그때 죽었다고 자식도 속여야 하던 날 도적질하듯 싸
놓은 밥을 끼고 비를 맞으며 맞으며 걸어가는 십리 길은 하나
도 멀지 않았다

뒤를 돌아보고 다시 사방을 살피다 지붕 밑으로 굽혀 돌면 그
속에선 수염이 더부룩한 남편이 반겼다 오직 나만을 바라고 있
는 사람 — 나도 모를 용기가 백 배로 솟는다

두고 돌아온 저녁 자백이 깨지는 소리를 치며 폭격을 맞는다
'원정' 방면이 아닌가두 손을 한데 모으고 하느님께 빈다 이런
때 사람은 머리가 세나보다.

—— 1954

들국화 흰 언덕에서
— 고 이완성 신부님 영전에

가시나이까 이렇게 총총히 떠나가시나이까 아침에도 성사를
주신 어른이 한밤중 이 어인 변變이오니까.

천주의 부르심은 예고 없어 언제고 별안간 달려 드느니라고 하
시더니

궂은 비 오동잎을 적시는 밤에 이제 말없이 눈 내려 감으시고
우리들을 두고 영영 떠나가시나이까.

항시恒時 웃는 얼굴에 진실로 겸손한 태도 바로 향기되어 우리
에게 품겼었나이다

청춘을 오로지 천주께 마흔한 해를 내세來世 위한 거룩한 희생
이었나니 십자가의 아름다운 열쇠가 천당 문을 여오리다 화려
한 천상天上의 영화가 당신을 기다리오이다

죽음은 곧 영원한 삶에로 통하는 길 이제 세상의 괴로움은 끝
이 났으며

들국화 흰 언덕에서 우리 그대를 보내오니
길이 평안함을 얻으소서

—— 1954

시 인 에 게

일찍이 그대
제왕이 부럽지 않음은
어떤 세력에도 굽힘없이
네 붓대 곧고 엄해
총칼보다 서슬이 푸르렀음이어라.

독기 낀 안개 자국이 날빛을 가리고
밤도 아니요 낮도 아닌 상태에서
사람들 노상 지치고
예저기 썩는 냄새 코를 찔러
웃을 수 없는 광경에 모두들 고개 돌릴 제

시인
오늘 너는 무엇을 하느냐.
권력에 아첨하는 날
네 관은 진땅에 떨어지나니

네 성스러운 붓대를 들어라.
네 두려움 없는 붓을 들어라.
정의 위해
횃불 갖고 시를 쓰지 않으려느냐.

여 원 부 女苑賦

밤마다 번뇌의 숲을 헤치고
여왕처럼 모시는 나의 고독이여

모든 굴욕은 나에게로 보내주시오.
어머니께서 받은 유산이었습니다.

찬비 뿌리고 바람 후드들겨도
쓰러지지 않고
씻겨준 얼굴 오히려 곱게 쳐듬은

우러러보는
마음의 푸른 하늘 지녔음이오.

헐벗은 나는 이 땅의 딸
비바람 부짖는 속에 탑을
싸 올리는 흰 손이오.

———— 1955

가 난 한 사 람 들

우리끼리 모이니
훈훈하구나.
화로 하나 끼고도 이렇게 훈훈하구나.

못생긴 것 ―
어디로 싸다녔기에
꽁꽁 얼어 왔니

외롭고 또 처량하고
늬 꼴이 오죽 병신스러웠겠니
못생긴 것 ―

창 너머로 하늘이 보이잖니
어머니의 옥당목 치마 빛을 한
얼마나 아름다운 우리들의 하늘이야

김가와 이가가
침을 사뭇 퉤퉤 뱉어도
진정 더러울 수는 없는 이 땅

우리끼리 모이니
훈훈하지 않느냐

어디로 넌 싸다녔니

약하고 가난하고 무력한 주변에
우리들 온김이 좋지 않느냐
친구야 구수한 얘기 좀 해보렴.

——— 1957

가슴에 꽃을 피워라

저 장려壯麗한 해와 달
너 때문에 있었나니

아이야
서로를 쓰고 일어서 봐라.
뒤로 서봐라.
어디 좀 걸어가 보아라.

어머니 뺨의 눈물을 씻어준 너
내 무지개는 네 어깨에 걸 것

너와 함께 걸어가면
든든하구나.
앞세우고 가는 길은
괴로움도 즐거워

언덕에 언덕에,
양귀비가 피었다.

아름다운 새벽이 지새는 이아침
아이야
네 가슴에도 꽃을 피워라

이 땅 어머니들의 바람인
네 가슴에 꽃을 피워라.

———— 1956

김 내 성金來成 선생을 곡哭 함

태양은 언제나 다름없이 떠 있고
사람은 모두 바쁘게 다니는
아무 이상 없는 이 거리에
우리 이 자리에 모여
눈물짐은 이 어인 일이오니까.
남산의 저 송림松林도 흐느껴 우는 듯
누구누구 우리들 정다운 친구
다 모여들었는데
김내성 형—
당신은 어디로 가고 보이지 않습니까.
어디를 가시어 보이지 않습니까.
좋아하던 선배들 아끼던 친구들
다 여기 모였습니다.
김형의 그 착한 얼굴도
여기 끼었어야 하였거늘
영원한 침묵을 깨물고 누워 있음은
이 어찌 된 일이오니까.
수많은 애독자들이
당신의 떠남을 울며 여기 달려왔고
친구와 가족들이 흐느낍니다.
영혼이 벗어버리고 간
허잘 것 없는 유해遺骸를 안고

우리는 허무에 몸부림쳐야 합니까.
삭품 속에만 그려보았을 뿐
멋진 2층 서재 한 번 가져보지 못한 채
옹색한 건넌방 구석에서
그 숱한 작품들을 낳아놓았거니
이 땅의 서러운 문인들의 한을 안고
이처럼 섭섭히 떠나야 했습니까.
외롭고 적적한 생生의 거리에서
만나면
언제나 따스한 구석을 베풀어 주던
김내성 형이 아니었나이까.
우리들의 가난한 겨울도 다 치르고
함빡 봄기운 대지에 돌아
뜰 앞 등나무에도 새 순이 트고 이제
미아리 재엔 진달래도 피려는데
김내성 형 — 어디로 총총히 떠나시나이까.

문단 한국의 빛나는 별이요
우리들의 귀한 벗이었던 당신과
영원한 작별을 걷는
이 슬픈 마당엔
생화生花 꽃다발들이 숲을 이루었고

형의 유해는 꽃속에 싸였나이다.
형은 늘 우리들 속에 살아 계실 것이오
사뭇 육박하던 원고 마감 날짜도
내일 치 소설도 다 없어졌습니다.

이젠 붓을 좀 놓고
죽음도 작별도 없는 저 나라에서
천주天主의 품안에
길이 평안함을 누리소서

—— 1957

흰 오후

1호실에 그들이 나를 맡기고 간 지 며칠 만에
두 소녀가 있는 내 집 안방이 이렇게도 그리울 수야 —

바람도 나를 삼킬 기세로
잉잉대고 관 속 같은 흰 방안에
나가 엎드렸다.

태양이 싸늘하니 부서지는 병상 위
무섭게 자리잡은 나의 공포여
엄숙한 눈동자로 창 밖을 내다본다.

아무도 동행해 줄 수 없는 이 길에서야
나 온종일 성모 마리아를 찾는구나.
항시 함께 계셔주는 이 있거늘
나 모르고 살아온 고독의 날들

아무도 나와 같이 해주지 않을 때
말없이 옆에서 부축해주는 이 —
인자하신 어머니, 성모 마리아여.

———— 유작, 1957

번역한 시

옥스퍼드의 첨탑尖塔*

위니프레드 메리 레츠(Winifred Mary Letts)

나는 지나가며
옥스퍼드의 첨탑을 보오
진부빛 하늘을 찌르고 서 있는
회색빛의 첨탑을 보며 지금 나는
싸움마당으로 죽으러 나간
옥스퍼드의 동지들을 생각하오

옥스퍼드의 즐거운 황금 시절은
살같이 달아나고
오래된 분과대학分科大學들이
즐겁게 노는 그들을 굽어볼 때
별안간 요란한 나팔 소리 들려왔었소
선전을 포고하는 나팔이었소
전쟁!
그들은 놀던 것을 집어던졌소

평화스런 고토故土와 강산을 떠나
잔디풀 곱게 깎은 옥스퍼드의 교정을 떠나
피가 흐르는 전지戰地로 달려갔소
거기다 그들은 즐거운 청춘을 버렸소

---

* 원작: *The Spires of Oxford* by Winifred Mary Letts

조국을 위해 신神을 위해

복된 신사들이여
신은 그대들을 평안히 쉬게 해 주리
선善을 위해
'캡'과 '가운'을 벗어 버리고
군복과 총을 들고 나간 그대들
신은 그대들을 아름다운 복지福地로 인도하리
옥스퍼드 보다 더 좋은 복지 ─

──── 1941

▌이 시는 영국 여류시인 위니프레드 메리 레츠Winifred Mary Letts
(1882~1972)의 것인데, 원시原詩는 리듬이 몹시 좋아서 특히
크게 낭독하기에 아주 좋은 시다. ─ 노천명

늙은 말을 데리고*
— 세계평화가 깨어지는 때

토마스 하디(Thomas Hardy)

끄덕거리는 늙은 말을 데리고
다만 혼자 밭을 갈고 있는 사람이 있다

천천히 또 조용히
조으는 듯 한가롭게

불꽃도 없는 희미한 연기煙氣
풀더미 속에서 가늘게 올라간다

비록 한 세월은 지나가 버린다 해도
이 광경만은 변함없이 계속되고 있으리

저기 처녀와 또 그 연인이
정답게 속삭이며 오나니
엉성한 역사는 없어져 버린다 해도
인간의 저런 속삭임은 길이 있으리 ─

───── 1941

▌이 시는 보통 우리가 전쟁시戰爭詩에서 볼 수 있는 처참한 일

---

* 원작: *In Time of 'The Breaking of Nations'* by Thomas Hardy

이라든지 거기서 오는 슬픔이라든지 이런 데서 떠나 같은 전
쟁시면서도 이 시인은 단순한 원시생활과 자연 — 즉 밭을
갈고 씨를 뿌린다든가 거두어드린다든가 — 또는 우리의 청
춘이라든가 — 사랑이라든가 — 이런 것들을 인간사회에 전
쟁이라는 것을 초월하여 어제도 오늘도, 또 앞으로 영원히 지
속되고 있으리라는 것을 노래한 점은 몹시 흥미있다고 생각
한다. — 노천명

그리운 바다로*

엡스 사전트(Epes Sargent)

깊은 물 푸른 물결의 넓은 바다 내 집 삼고
내 일생을 보내보았으면!
물결 부서지고 구슬 깨어져
사나운 바람 흥겨워 춤추는 곳에서
아― 내 일생을 보내고 싶네
농籠속에 갇힌 수리개같이
텁텁하고 변화 없는 이 해변에서
나는 허덕이고 있나니
씩씩한 물결치는 저 바다 위로
나를 좀 불러내주오.

살같이 달아나는 나의 배 위에
나는 지금 다시 올라섰네.
돛을 달자! 옛 나라야 잘 있거라!
떠나가자 순풍에 돛을 달고
아 떠나가자 푸른 물결 박차며
물 위의 백구白鷗처럼 내 바다 집 삼고 살고 싶으이 ―.

육지도 이제는 보이지를 않고
나는 하늘과 바다의 물이 한데 닿았느니

---

* 원작: *A Life on the Ocean Wave* by Epes Sargent

검은 구름을 찌푸리기 시작하나
폭풍우 어이 우리를 이길 건가?
돛을 높이 달자! 그리고 힘 있게 배를 저어라
그래서 바다 우의 즐거운 나의 집
해상海上의 우리의 즐거운 생활을
나는 내 마음껏 노래 부르련다.

———— 1936

시집에 처음 공개하는
친일親日시

군 신 송軍神頌

이 아침에도 대일본특공대는
남방 거친 파도 위에
혜성 모양 장엄하게 떨어졌으리

싸움 하는 나라의 거리다운
네거리를 지나며
12월의 하늘을 우러러본다

어뢰를 안고 몸으로
적기敵機를 부순 용사들의 얼굴이
하늘가에 장미처럼 핀다
성좌처럼 솟는다.

승 전 의   날

거리 거리에 일장 깃발이 물결을 친다
아시아 민족의 큰 잔칫날!
오늘 싱가폴을 떨어뜨린 이 감격

고운 처녀들아 꽃을 꺾어라
남양 형제들에게 꽃다발을 보내자
비둘기를 날리자

눈이 커서 슬픈 형제들이여
대대로 너희가 섬겨온 상전 영미英米는
오늘로 깨끗이 세기적 추방을 당하였나니

고무나무 가지를 꺾어들고 나오너라
종려 나뭇잎사귀를 쓰고 나오너라
오래간만에 가슴을 열고 웃어 보지 않으려나

그 처참하던 대포소리 이제 끝나고 공중엔
일장日章 표의 비행기 햇살에 은빛으로 빛나는 아침
남양의 섬들아 만세 불러 평화를 받아라

———— 1942

병 정兵丁

전차 간에 병정兵丁이 오른다
내가 괜히 반갑다
동생도 지금은 저렇게 차렸으려니

나는 병정을 자꾸 본다
나는 병정을 쇠쇠 쳐다 본다

병정의 눈이 내 동생의 눈과 바꿔졌다
병정의 코가 동생의 코로 변했다
병정의 입이 동생의 입이 됐다

나는 지금
내 동생을 쳐다본다.

부인근로대

부인근로대작업장으로
군복을 지으러 나온 여인들
머리엔 흰 수건 아미 숙이고
바쁘게 나르는 흰 손길은 나비인가
총알에 맞아 뚫어진 자리
손으로 만지며 기우려 하니
탄환을 맞던 광경 머리에 떠올라
뜨거운 눈물이 피잉 도네

한 땀 두 땀 무운을 빌며
바늘을 옮기는 양 든든도 하다
일본의 명예를 걸고 나간 이여
훌륭히 싸워 주 공을 세워 주

나라를 생각하는 누나와 어머니의 아름다운 정성은
오늘도 산山만한 군복 위에 꽃으로 피었네

—— 1942

젊은이들에게

어제 조용하던 거리
오늘은 지나는 이의 발걸음도 무겁고
십이월 서리찬 달 아래
뿌리고 가는 한 장 호외號外에도
나라를 염려해 긴장하는 시민들 —
대대로 굴욕을 받아 온
늙은 영국英國을 대해서
저 혼혈아 아메리카를 향해서
제국은 드디어 선전을 포고했다
정의를 위해 대동아大東亞 건설을 위해서
우리는 불수레를 달렸다
제복을 벗어던지고 정든 대학의 교정을 나서
싸움터로 나가는 젊은이도 있었다
조국을 위해 인류의 영원한 평화를 위해
그들 젊은 가슴속에 장미처럼 피어오르는 붉은 마음

모래를 뿜으면서도 우리는 이겨야 한다
싸움에 진 나라의 처참함을
너 아느냐
너 못 보느냐
모래를 뿜으면서라도 우리는 이겨야 한다
형제여 이 땅의 젊은이여

아시아의 바쁜 아침이 왔다
일어나라
저 우렁찬 나팔소리 들리는 곳으로
나의 젊은이여
남아답게 달려가지 않으려나
나의 젊은이여
남아답게 달려가지 않으려나

—— 1942

기원

신사神社의 이른 아침
뜰엔 비질한 자욱 머리빗은 듯 아직 새로운데
경건敬虔히 나와 손 모으며 기원하는 여인이 있다.

일본의 전 아세아의 무운을 비는 청정한 아침이어라

어머니의 거룩한 정성
아내의 간절한 기원
아버지를 위한 갸륵한 마음들….
같은 이 시간 방방곡곡 신사가 있는 곳
아름다운 이런 정경이 빚어지고 있으리

———— 1942

싱가폴 함락

아세아의 세기적인 여명은 왔다
영미의 독아에서
일본군은 마침내 신가파新嘉坡를 뺏어내고야 말았다

동양 침략의 근거지
온갖 죄악이 음모되는 불야의 성
싱가폴이 불의 세례를 받는
이 장엄한 최후의 저녁

싱가폴 구석구석의 작고 큰 사원들아
너의 피를 빨아먹고 넘어지는 영미를 조상하는 만종을 울려라

얼마나 기다렸던 아침이냐
동아민족은 다같이 고대했던 날이냐
오랜 압제 우리들의 쓰라린 추억이 다시 새롭다

일본의 태양이 한 번 밝게 비치니
죄악의 몸뚱이를 어둠의 그늘 속으로
끌고 들어가며 신음하는 저 영미를 웃어 줘라

점잖은 신사풍을 하고
가장 교활한 좃곳이여 네 이름은 영미다

너는 신사도 아무것도 아니었다
조상을 해적으로 모신 너는 같은 해적이었다

쌓이고 쌓인 양키들의 굴욕과 압박 아래
그 큰 눈에는 의혹이 가득히 깃들여졌고
눈물이 핑 돌면 차라리 병적으로
선웃음을 쳐버리는 남양의 슬픈 형제들이여

대동아의 공영권이 건설되는 이날
남양의 구석구석에서 앵글로색슨을 내모는 이 아침...

우리들이 내놓는 정다운 손길을 잡아라
젖과 꿀이 흐르는 이 땅에
일장기가 나뿌끼고 있는 한
너희는 평화스러우리 영원히 자유스러우리

—— 1942

흰 비둘기를 날려라

지난해 오늘
태평양 바다가 아직 잠에 묻힌 새벽
찬물결 몸으로 비며 어뢰魚雷를 안고
진주만 뛰어든 용사들이 있었거니

벚꽃처럼 뿌려진 일본의 혼 ―청춘
명복을 비는 조용한 정오 다시 눈이 뜨거워
아홉 군신軍神의 붉은 충성 뒤엔
뛰어난 아홉 어머니가 숨어 있었다

"돌아오면 안 된다 죽어 오너라."

안 뵈면 보고 싶고 늦으면 걱정하며 애껴 기른 아들
나라에서 부르시는 아침엔
이렇게 내놨다

마지막 작별도 웃고 지은 가슴속엔
슬픔을 넘어선 거룩한 경륜이 있었다

추녀끝 더 높이 나부끼는
깃발도 유난히 서명한 이 낮
고운 처녀들아 꽃을 꺾어라
푸른 하늘에 흰 비둘기를 날려라

—— 1942

님의 부르심을 받고서

남아면 군복에 총을 메고
나라 위해 전장에 나감이 소원이리니

이 영광의 날
나도 사나이였드면 나도 사나이였드면
귀한 부르심 입는 것을—

갑옷 떨쳐입고 머리에 투구 쓰고
창검을 휘두르며 싸움터로 나감이
남아의 장쾌한 기상이어든—

이제
아세아의 큰 운명을 걸고
우리의 숙원을 뿜으며
저 영미를 치는 마당에랴

영문營門으로 들라는 우렁찬 나팔소리—

오랜만에
이 강산 골짜구니와 마을 구석구석을
흥분 속에 흔드네—

———— 1943

진혼가

야자수 우거진 숲 사이
버섯처럼 희게 덮인 묘표墓標를

농양 정의의 꽃이 남국에 만발했다

거룩한 피를 흘려준 무수한 군인들을 생각하라
고마운 마음 진실로 감사하는 마음 —

감격은 마음에 넘쳐 —

조국을 위해 용감했던 청년
정의를 위해 불탄 용사여

남쪽 하늘아래
평안히 쉬라
형제여 평안한 마음으로 고이 쉬라

남쪽엘 가거든 그대들 무덤 위에
꽃다발을 뿌려 주마

———— 1945

출 정出征 하 는 동 생 에 게

"전문대학 생도의 총동원령"
신문을 받아 들던 순간
너와 나는 벙어리모양 말을 못했다

예서 더 엄숙한 시간이 일찍이 있었더냐
말이 없는 네 입가에서 이상한 정기를 내가 줍는다

아시아의 새 역사를 짓는 날
금자탑 마금을 쌓는 이 마당에
조선의 청년학도들도 참가하라 부르신다

모든 것을 집어던지고 ―
네 '청춘'도 '꿈'도 '사랑'도
네 온갖 아름다운 것들을 하나 없이 ―
너는 조국을 위해 아름답게 바치나니
숭고한 순간이여

세상에도 성스러운 일이여

일찍이 네 머리때가 묻은 각모角帽
네 체온이 깃들었던 제복
장장이 네 손길이 간 대학 노트를

누이는 고이 고이 간직해두고
밤이면 밤마다 꺼내보며
날이면 날마다
조국의 무운武運을 빌고 있으리

—— 1945

창공蒼空에 빛나는

사람이
남藍하늘을 은빛 나래로 차
태곳적 전설을 깨뜨리다

첩첩 구름을 헤쳐 헤쳐
쏜 살 모양 달릴 제
옛 어른들 흙속에서 깨워 보여지고

높은 산 험한 메뿌리를 발 아래 내려다보며
독수리모양 지긋이 응시함은
그 어늬 호반 중의 호반이뇨

오늘도 우리
항공대는 남녘 어늬 하늘가
자지러져 엎어지는 적군의 저 성성猩猩이 무리 위에
수리개 떼처럼 잉잉 대리

———— 1945

학 병

차마 보고 있을 수 없어 ─
차마 듣고만 앉았을 수 수 없어 ─
학원 안엔 학병이 일어났다

책을 덮는 날
목숨을 내놨다

청춘의 온갖 정열을 쏟으며 나섰다
조국을 위해 오직 조국을 위해

대학모에 붉은 띠를 가슴에 매고
전열戰列에 나서는 학도 ─

오! 동편 하늘에 퍼지는
아침햇살처럼 장엄하여라

깃발들이 물결 치고
만세소리가 우레같이
하늘과 땅을 사뭇 흔드는 틈에

너
거기서 태양처럼 빛나도다

──── 1945

천 인 침千人針

한 뜸 두 뜸 천 사람의 정성이 빠알가니

한포韓布 조끼 위에

방울 방울 솟는다

———— 1945

아들의 편지

숱한 학병들 틈에 끼여
아들이 입영한 지도 여러 달 전

등잔 심지를 돋우며 돋우며
농속에서 어머니는
아들의 편지를 또 꺼냈다

읽고 다시 읽고
겉봉을 뒤적거려
보고는 다시 보고

아들이 가 있는
구마모도라는 곳이
어머니는 지금
고향보다 더 그리워
밤이면 꿈마다 찾아가 더듬는다

—— 1945

노천명 연보

노천명 생애 연보는 완전체 '노천명 전집'의 책임편집자인 민윤기 시인이 이미 나와 있는 노천명 연보를 참조하고 새로 찾아낸 자료와 오류를 바로잡아 작성하였다.

1912년(1세)

9월 2일 황해도 장연군長淵郡 순택면蓴澤面 비석포리碑石浦里 281번지에서 아버지 노계일盧啓一과 어머니 김홍기金鴻基 사이에서 둘째딸로 태어났다. 형제로는 오빠 철基哲, 언니 기용基用, 이복 남동생 기숙基淑이 있었다.

아버지 노계일은 천주교 장연본당 신도였다. 해방 후 가톨릭 대주교로 봉직했던 노기남盧基南 대주교는 사촌간이다. 노천명은 고향에 대해서 '배들이 개울가에 늘어서 있고 뒤 울 안에는 사과꽃이 피는 우리집—눈이 오면 아버지는 노루사냥을 다니셨고 우리들은 곡간에서 당 콩을 꺼내다 먹었다'라고 수필 「향토 유정기」에 쓰고 있다.

노천명 시인의 출생지에 대해서는 거의 모든 연보에서 '박택면 비석리' 또는 '전택면 비석리'라고 오기하고 있는데, 이는 순채 순蓴 자를 오독한 때문이다. 또 마을 지명인 '비석리' 역시 황해도 행정구역 명으로 '비석포리'가 맞다. 마을 바로 앞이 '비석포' 포구이다.

또한 여러 자료에 생일이 9월 1일로 기록되어 있으나 이것 역시 9월 2일로 바로 잡는다. 노천명 묘소에 있는 묘비에 새겨져 있는 '4245년(1912년) 9월 1일 생'을 따른 것이다.

1917년(6세)

아명兒名은 노기선盧基善이라 불렸는데, 여섯 살 때 홍역에 걸려 겨우 살아난 후
부터 "하늘이 주신 명으로 살게 되었다"하여 '천명(天命)'으로 개명하고 그것을
그대로 호적에 올리고 평생 사용했다.

1918년(7세)

아버지가 죽다.

1919년(8세)

남동생 출생을 소원했던 부친의 소망에 따라 여덟 살까지 사내아이 옷을 입어
야 했다. 아버지가 돌아가신 후 가족은 모두 이 해에 서울로 이사하였다. 그러나
노천명은 내성적이고 수줍은 성격이어서 새로 이사 온 서울동네 아이들과 잘 어
울리지 못했다.

1920년(9세)

체부동體府洞 이모댁에 머물면서 진명보통학교에 입학하였다. 체부동은 노천명
이 훗날 사망할 때까지 살았던 누하동과 골목 하나 사이를 둘 정도로 가까운 이웃
동네였다.

1923년(12세)

진명보통학교 3학년 때 언니 노기용이 최두환崔斗煥 변호사와 결혼한다. 이때부
터 학자금은 물론 노천명네 생활비를 모두 언니가 떠맡았다.

1926년(15세)

보통학교 6년 과정을 마치지 않고 5학년 때 검정시험에 합격하여 이 해 4월 진
명여자고등보통학교(진명여고보)로 진학하였다.

진명여고보 시절 '국어사전'이란 별명을 들을 정도로 학업 성적이 우수하였을
뿐만 아니라 육상 단거리 선수로도 활약하였다. 여고 시절은 어머니의 극진한 사
랑과 언니의 경제적 지원 덕분에 노천명 생애에서 가장 행복한 시절이었다.

1927년(16세)

진명여고보 2학년 때 첫 작품이 활자화되는 기쁨을 맛보았다. 육당 최남선이 발행하던 '동광'지에 투고한 시가 입선한 것이다.

1930년(19세)

3월에 진명여고보를 졸업하였다.

이 해에 어머니가 57세의 나이로 돌아가셨다. 졸지에 고아가 된 노천명은 근 슬픔과 충격을 받았다. 시집 『창변』에 실린 「작별」은 어머니가 돌아가시던 날을 회상하면서 쓴 시이다.

4월에 이화여자전문학교梨花女專 영문과에 입학하였다. 변영로, 김상용, 정지용 교수 등에게서 본격적으로 문학과 시를 배우며 시 습작에 열중하였다. 특히 김상용 교수가 '이화' 교지에 실었던 노천명의 시 「밤의 찬미」 「포구의 밤」을 동아일보가 발행하는 '신동아'에 추천하여 실림으로써 노천명의 이름이 문단에 알려지기 시작하였다. 일부 연보에는 이 작품을 데뷔작으로 인정하고 있다.

어머니 3년 상을 치른 후 어머니처럼 노천명을 보살펴 주던 단 하나의 혈육인 언니가 남편 최도환의 부임지인 진주로 떠나게 되자 이때부터 노천명은 학교 기숙사 생활을 시작하였다. 가족이 없는 외로움 속에서 생활은 고독하였지만 오히려 본격적인 문학 수업을 하는 계기가 되었다.

1931년(20세)

이화여전 교지 '이화'(1928년 창간) 3호에 수필 「삼오의 달 아래서」 시 「고성허古城墟에서」 단편소설 「일편단심」을 발표하였다.

1932년(21세)

'이화' 4호에 시 「어머님 무덤에서」 「봄잔디 위에서」 「밤의 찬미」 「단상」 「포구의 밤」과 수필 「신록」과 소설 「닭 쫓던 개」 등을 발표했다.

1933년(22세)

수필 「해변 단상」 「썰물에 쓸려간 해변의 자취」를 발표하였다.

1934년(23세)

3월에 이화여전 영문과를 졸업하였다.

이 무렵에 발표한 작품들은 노천명의 시 정신을 형성하는 초기 단계에 속하는 것으로 볼 수 있다. 시의 완성도와 문학적 수준도 높았다.

학업 성적도 우수하고 문학적 재능이 출중하다고 소문이 나서 졸업할 때는 오라는 곳이 많았지만 이화여전을 졸업하자 조선중앙일보 학예부 기자로 입사하여 4년 간 근무하였다. 여자가 신문 기자를 하면 시집가기 어렵다는 가족들의 반대를 물리치고 신문사 기자로 취직하였으나 남자 기자들이 많은 직장 분위기는 전화조차 제대로 받지 못할 정도였다.

'이화' 5호에 「그 이름 물망초라기에」 「촉석루에 올라」 「참음」 「제석」 「만월대에 올라」를 발표하였다. 교지 '이화'에 발표한 작품들 중 상당수 작품들은 '신동아' 조선중앙일보 등에 재발표하였고, 첫 시집 『산호림』에도 재수록하였다.

수필 「광인」 「발 예찬」 「노상의 코스모포리탄」 「고우의 추억」과 평론 「백년제가 돌아오는 시인 찰스 램」을 발표하였다.

1935년(24세)

김광섭 김상용 등이 창간한 문예잡지 '시원' 창간호에 시 「내 청춘의 배는」을 발표함으로써 문단에 '정식' 데뷔하였다. 이어 시 「가을아침」 「들국화를 묻으며」를 발표하였다. 박용철 시인이 주재하던 '시문학'에도 관여하게 되면서 이화여전 동창인 박용철의 누이동생 박봉자朴鳳子의 집에 자주 드나들었다.

수필 「결혼? 직업?」 「단상」을 발표하였고 여행기 「금강산은 부른다」를 조선중앙일보에 연재하였다.

1936년(25세)

시 「청동 화롯가엔」 「호외」와 수필 「오월의 색깔」 「나의 숭배하는 여성」 「꼭 다문 입술과 괴로움」 「담 넘은 사건」을 발표하였다.

1937년(26세)

조선중앙일보를 4년만에 사직한 후 만주 북간도의 용정, 이두구, 연길 등 여러

곳을 여행하였다. 시「낯선 거리」수필「향토 유정기」「귀뚜라미」「포도춘훈」과 소설「사월이」를 발표하였다.

1938년(27세)
조선일보사에 입사하여 월간 '여성' 기자가 되었다. 작가 최정희가 남편 김동환이 발행하는 월간 종합지「삼천리」로 직장을 옮기게 되면서 공석이 된 자리였다.
1월 1일 대표작「사슴」이 실려 있는 첫 시집『산호림珊瑚林(49편 수록)』을 자비출판하였다. 김상용, 정지용, 변영로 등 이화여전 은사들이 후원하고 박화성 장덕조 최정희 이선희 김수임 등이 발기인으로 참여하여 남산정 경성호텔에서 성대한 출판기념회를 열었다.
또한 이 해부터 서울 인사동 태화여자관 안에 있던 '극예술연구회'에 가입하여 활동하였다. 안톤 체호프의「앵화원櫻花園」에서 모윤숙은 주인공 라네프스카야 부인 역을, 노천명은 딸 아냐 역을 맡아 열연하였다. 이 공연을 보러 온 보성전문학교 교수 김광진金光鎭과 만나 연인 사이가 되었으나 유부남이었던 탓에 사랑의 결실을 맺지 못하였다.
이 무렵 경기고녀 뒤편 안국동 107번지에 언니가 집을 마련해 주었다. 비로소 하숙 생활을 청산하고 안정된 환경을 갖게 되었다.
시「황마차」「슬픈 그림」등을 발표하는 한편 수필「야자수 그늘과 청춘의 휴식」「정야」「모깃불」「어머님전상서」를 발표하였다.

1939년(28세)
수필「새해」「눈 오는 밤」을 발표하였다.

1940년(29세)
시「사슴처럼」「춘분」「망향」과 수필「선경 묘향산」「추풍과 함께 가다」「여중기」「초동기」「심청전 감상」등을 발표하였다.

1941년(30세)
제2차 대전의 전황이 불리하게 돌아가기 시작하자 일제는 식민지 조선에 대한

탄압을 강화하여 우리말 신문인 조선, 동아 두 신문을 강제 폐간시켰다. 그 영향으로 더 이상 조선일보사를 다닐 수 없는 처지가 되어 사직하였다.

시「하일산중」「정의 소식」「저녁 별」「산사의 밤」을 발표하였다. 특히 이 해에는「겨울 밤 얘기」「아스파라거스의 조난」「강변」「산 일기」「설야 산책」「해인사 기행」「산사의 밤」「내 한 가지 소원이 있으니」등 많은 작품을 발표하였다.

1942년(31세)

조선일보를 사직한 이후 마땅히 취직할 곳이 없어 한동안 무직으로 지냈다.

시「젊은이들에게」「기원」「진혼가」「노래하자 이날을」「승전의 날」「부인 근로대」「향수」를 발표하였고, 수필「나의 신생활 계획」「각오」「내 가정의 과학과」「봄과 졸업과」를 발표하였다. 이 작품들 중에 상당수가 친일 내용을 담은 것이어서 고고하고 순결한 노천명 문학에 지울 수 없는 오점으로 남게 되었다.

이 해에 '조선문인협회'에 모윤숙, 최정희 등과 함께 간사로 참여하였다. 이 협회는 본격 친일단체 성격의 '조선문인보국회'로 강화 개편되어 친일 작품 발표 등 친일행위에 자주 동원되었다.

1943년(32세)

당시 우리말 신문으로서는 유일하게 발행되던 조선총독부 기관지 '매일신보' 문화부에 입사하였다. 학예부로 배치되어 조경희와 함께 '가정란'을 맡아 2년 간 근무하였다.

수필「추성」「바다」를 발표하였다.

1944년(33세)

시「병정」「소년」「천인침」을 발표하였고 수필「싸움하는 여성」을 발표하였다.

1945년(34세)

2월 25일 두 번째 시집『창변窓邊(29편 수록)』을 매일신보출판부에서 간행하였다. 이 시집 초판본에는「승전의 날」「출정하는 동생에게」「진혼가」「흰 비둘기를 날리며」등의 친일 시들도 수록하였다. (해방 후 이 시들은 시집에서 삭제된 채 배포되었다.)

8.15 해방이 되자 '매일신보' 자리에서 그대로 신문 이름을 바꾸고 계속 발행되던 '서울신문' 문화부에 근무하였다.

1946년(35세)
서울신문을 사직하고 '부녀신문'의 편집차장으로 직장을 옮겼다.
시「오월」「약속된 날이 있거니」와 시론「인텔리 여성의 오늘의 사명」과 전기 「김명시 여장군의 반생기」를 발표하였다.

1947년(36세)
부녀신문 차장직을 사직하였다. 이로써 13년 동한 일해 온 기자 생활을 끝마치게 되었다. 신문사를 사직한 후 공부를 더 하기 위해 일본으로 밀항하였으나 가족의 반대로 1년만에 귀국하여 유학의 꿈을 포기하였다.
이 해 두 차례의 큰 슬픔을 겪었다. 큰조카 용자用子가 맹장수술 후 경과가 나빠 사망하였고, 노천명의 후견인 역할을 하였던 형부 최두환 변호사가 사망하였다. 노천명은 시「장미는 꺾이다」에서는 용자에 대한 그리움을, 수필「남행」에서는 최두환 변호사의 죽음을 애통해하며 슬픔을 달랬다.

1948년(37세)
10월 20일 첫 번째 수필집『산딸기(38편 수록)』을 간행하였다. 출판사는 정음사였다.
수필「집 얘기」「화초」「한식」「책을 내놓고」「단상」을 발표하였다.

1949년(38세)
3월 10일『현대시인전집』시리즈 제2권「노천명집」에 55편의 작품을 수록하였다(동지사 간행).
신문사를 다니는 동안 살던 안국동 107번지를 떠나 누하동樓下洞 225-1호 작은 한옥으로 이사하면서 양딸 인자를 들여 함께 생활하였다. 노천명은 이 집에서 임종하였다.
시「적적한 거리」「신년송」「한매寒梅」「유관순 누나」「단상」등을 발표하는 한

편 수필 「진달래」「여인 소극장」「수상」「원두막」「오월의 시정」과 인물평 「인간 월탄」을 발표하였다.

12월 20일 수필집 『여성서간문독본』(박문출판사)을 간행하였다.

1950년(39세)

한국전쟁이 발발하자 미처 피난하지 못한 노천명은 서울에 남아 숨어 살게 되어 신변의 위협을 느끼는 불안한 나날을 보내던 중, 과거 문단 동료였던 시인 임화 등을 만나 '살아남기 위해' 공산당 산하의 '조선문학가동맹'에 가담하였다. 이 때의 행위로 말미암아 9.28 수복 후 '공산당 부역행위자'로 체포되어 20년 실형을 언도받아 1950년 10월부터 1951년 4월까지 6개월 간 수감생활을 하였다. 노천명 생애에서 육체적으로, 정신적으로 가장 견디기 어려운 고통의 시기였다.

1.4후퇴 때 서울형무소에서 부산형무소로 이감되자 노천명은 당시 이승만 대통령 비서실에 근무를 하던 시인 김광섭金珖燮에게 석방되도록 도와달라는 편지를 보냈다. 편지를 받은 김광섭 시인은 이건혁李健赫 이헌구李軒求와 의논하여 3인 공동 명의로 석방 탄원서를 3군 총참모총장에게 보냈다.

시 「검정 나비」「별을 쳐다보며」「달빛」과 수필 「관악산 등산기」를 발표하였다.

1951년(40세)

4월 24일 부산 형무소에서 출감하였다. 출감 직후 부산 중앙성당에서 가톨릭 세례를 받고 가톨릭 신자가 되었다. 영세 명은 '베로니카'였다. 예수가 악당들에게 맞아 피를 흘리며 넘어져 있을 때, 군중 가운데서 용감히 뛰어나와 자기 손수건으로 예수의 얼굴에 묻은 피와 침을 닦아준 성녀의 이름이 바로 '베로니카'였다.

노천명 시인이 가톨릭에 귀의한 것은, 부모와 일가가 모두 독실한 가톨릭 신자였을 뿐만 아니라 조카 용자와 형부 최두환 변호사가 죽을 때 가톨릭에 입교할 것을 권유한 덕분이었다.

출감 후 부산 피난지에서 공보실 중앙방송국 방송 촉탁 발령을 받았다. 이때부터 1957년 죽을 때까지 방송국에 근무하였다.

시평 「가야금 관극기」를 발표하였다.

1952년(41세)

시 「불덩어리 되어」와 소설 「오산이었다」를 발표하였다. 소설 「오산이었다」에는 한국전쟁 당시 어쩔 수 없이 공산당 부역활동을 하게 된 사정을 자세히 기술하였다.

수필 「산다는 일」을 발표하였다.

1953년(42세)

3월 30일 세 번째 시집 『별을 쳐다보며(62편 수록)』를 희망출판사에서 간행하였다. 이 시집을 엮은 소감에서 노천명은 "슬픈과 기쁨이 섞여 피었다"고 말하였다. 이 시집에는 노천명 대신 평생의 스승으로 모셨던 이희승이 서문을 썼다.

시 「유월」 「둘씩 둘씩」 「만추」를 발표하였다. 수필 「교장과 원고」 「서울에 와서」 「하나의 역설」 「산나물」 「작별은 아름다운 것」 「신세진 부산」을 발표하였는데, 이 작품 중에서 「산나물」은 노천명 수필의 대표작으로 평가되고 있으며 「신세진 부산」과 「작별은 아름다운 것」에는 부산 피난지를 떠나는 소감을 담았다.

1954년(43세)

7월 7일 두 번째 수필집 『나의 생활백서』를 출간하였다. 대조사 발행.

시 「삼월의 노래」 「유월의 목가」 「감추어 놓고」 「경례를 보내노라」 등과 수필 「오월의 구상」 「피아노와 가야금」 「캘린더」를 발표하였다.

1955년(44세)

서라벌예대 등 대학에 강사로 출강하였다.

시 「새벽」 「어머니」 「유월의 언덕」 「여원부」 「해변」을 발표하는 한편 인물평전 「오월의 여왕, 이정애 여사의 일주기를 맞아서」를 발표하였다.

1956년(45세)

5월 30일 모교인 이화여대가 개교 70주년을 맞아 펴낸 『이화 70년사』편찬을 맡아 자료정리는 물론 집필, 편집 제작 등을 도맡아 진행하였다. 이것이 노천명의 건강을 극도로 악화시키는 한 원인이 되었다.

시「네 가슴에 꽃을 피워라」「오월의 노래」「낙엽」「봄의 서곡」「캐피털 웨이」「독백」「아름다운 새벽을」 등을 발표하였고, 수필「여류 시인이 되려는 분에게」「노변야화」「옛 얘기 오늘 얘기」「마리로랑상과 그 친구들」「여백」「피해야 했던 남성」「직장의 변」「여성」「시의 소재에 대하여」 등과 평론「김상용 평전」 시론「장면 부통령에게 보내는 글」 등을 발표하였다.

1957년(46세)
3월 7일 오후 3시 손목시계를 고치기 위해 외출하였다가 종로 길거리에서 쓰러져 청량리 위생병원 1호실에 입원하였다. 병명은 '백혈병'으로 알려진 '재생불능성빈혈'이었다. 얼마 후 회복하여 퇴원하였다가 다시 병세가 악화되어 6월 16일 새벽 1시 30분에 누하동 225-1 자택에서 사망하였다. 죽기 전 날 이화여전 영문과 선후배로 평생 절친처럼 지낸 모윤숙 시인의 미국 출장을 배웅하기 위해 김포공항에 나가 전송을 하기도 하였다.
6월 18일 명동성당 별관에서 문인장으로 장례식이 거행되었다. 장의위원장은 변영로 시인, 식사는 작가 박화성과 불문학자 이헌구, 조시는 구상 시인과 김남조 시인이 낭송하였다. 최정희는 울면서 노천명의 약력을 읽었고 수필가 전숙희는 노천명의 유작을 낭독하였다. 묘소는 중곡동 천주교 묘지에 안장하였으나 1970년에 도시 재개발로 주택지로 바뀌게 되자 경기도 고양시 대자동 천주교 공원묘지로 이장하였다. 건축가 김중업이 디자인한 묘비 앞면에는 '노천명지묘 베로니카' 뒷면에는 1951년에 노천명이 발표한 시「고별」이 서예가 김충현의 글씨로 새겨졌다.
생애 마지막까지 시「나에게 레몬을」「가난한 사람들」「나비」「자화상」「사슴」「고별」 등과 수필「고향을 말한다」「예규공청」평론「약한 자여 그대 이름은 남자다」 등 적지 않은 작품을 발표하였다.

구글을 비롯한 많은 인터넷 기록들이 노천명의 사망일자를 12월 10일로 잘못 기록하고 있다. 어떤 평론가는 그 자료를 근거로 하였는지, 노천명이 '그토록 좋아하던 눈 오는 겨울밤에 세상을 떴다'고 소설(?)을 쓰기도 하였다. 고양시 대자동 천주교 묘지에 있는 노천명 묘비에 분명히 '4290년(1957년) 6월 16일 졸'이라고 새겨져 있고, 1957년 6월 17일자 경향신문 등도 노천명 시인의 별세 소식을 보도했다.

1958년(사후 1년)

6월 15일 남겨놓은 유고와 미처 시집으로 엮지 못했던 작품들을 모아 네 번째 시집 『사슴의 노래(42편 수록)』를 한림사에서 유고시집으로 출간하였다. 서문은 김광섭 시인과 모윤숙 시인이 썼다. 조카 최용정은 발문에서 시집을 내게 된 경위와 수록작품의 제목이 바뀐 경우, 수록하지 않은 작품과 그 이유 등을 상세하게 밝혔다.

1960년(사후 3년)

12월 10일 3주기를 기념하는 뜻에서 생전 노천명 시인과 가까웠던 김광섭, 김활란, 모윤숙, 변영로, 이희승 등이 발행인이 되어 노천명의 모든 발표 작품을 망라한 『노천명 전집』을 천명사에서 발간하였다.

이 전집에는 시집 『산호림』『창변』『별을 쳐다보며』『사슴의 노래』『현대시인전집』 등 다섯 권의 시집에 실려 있던 전 작품과 새로 찾아낸 시들, 그리고 노천명 시인이 발표했던 시집의 서문과 후기, 노천명 약력, 노천명 시인에게 바치는 조시, 엮은이의 말 등이 수록되어 있다.

1972년(사후 15년)

서문당에서 『노천명 시집』을 발간하였다.

1973년(사후 16년)

서문당에서 수필집 『사슴과 고독의 대화』를 발간하였다. 이 수필집에는 유작 수필 「오월의 구상」「산딸기」 등 80편을 수록하였다.

1995년(사후 38년)

노천명 시인의 모교 이화여대 동창문인회가 과천 서울대공원 숲속에 「사슴」 시비를 세웠다.

1997년(사후 40년)

솔 출판사에서 노천명 시인 작고 40주년을 기려 『노천명 전집(전2권)』을 출간하였다. 1권은 『사슴』이라는 제목으로 시집, 2권은 『나비』라는 제목으로 산문을 수록하였다.

같은 해 문학세계사도 『노천명 시전집』을 발간하였다.

1998년(사후 41년)

정공채 시인이 집필하여 『우리 노천명』이라는 제목으로 '노천명 평전'을 발간
하였다. 현재는 이 책이 유일한 노천명 평전이다.

2008년(사후 51주년)

민족문제연구소가 발표한 '친일인명사전 수록자' 명단에 노천명 시인을 문학
부문 42인 친일행위자로 포함하였다. 민족문제연구소는 노천명의 시 중 매일신보
에 발표한 「싱가폴 함락」 등 14편을 '친일 시'로 규정하였다.

엮은이 민윤기

1966년 월간 '시문학'을 통해 등단한 후 55년째 현역시인으로 시를 쓰고 있다. 등단 초기에는 「만적」「김시습」「전봉준」 같은 시를 발표해 '역사참여주의' 시인으로서 문단의 주목을 받기도 했다. 군 입대 후 베트남전쟁에 종군, 이 체험을 살려 「내가 가담하지 않은 전쟁」 연작시 30여 편을 발표했다. 1974년 동학농민전쟁을 다룬 시집 『유민流民』을 출간했으나 1970년대 후반 군사정권 독재정치 상황으로 '시는 쓰되 발표를 하지 않는' 상태로 20년간은 신문 잡지 출판 편집자로 일하였다. 2011년 오세훈 시장 시절 수도권 지하철 시 관리 용역을 맡으면서 시 쓰기를 다시 시작했다. 2014년 시의 대중화운동을 위하여 서울시인협회를 창립하였고 같은 해 1월 시전문지 월간 '시'를 창간했다.

최근 저서로는 『평생 시를 쓰고 말았다』 『다음 생에 만나고 싶은 시인을 찾아서』 『서서, 울고 싶은 날이 많다』 『삶에서 꿈으로』 『시는 시다』 『박인환 전 시집』 등이 있다.

노천명 전집 종결판 I

사슴의 노래   노천명 전 시집

초판 인쇄   2020년 10월 25일
초판 발행   2020년 10월 30일

지은이   노천명
엮은이   민윤기
펴낸이   김상철
발행처   스타북스
등록번호   제300-2006-00104호
주소   서울특별시 종로구 종로1가 르메이에르 1415호
전화   02) 735-1312
팩스   02) 735-5501
이메일   starbooks22@naver.com
ISBN   979-11-5795-557-2 04810
         979-11-5795-556-5 (세트)

ⓒ 2020 Starbooks Inc.
Printed in Seoul, Korea